名 / 家 / 经 / 典 / 小 / 说 / 选

我们所选择的路

[美] 欧·亨利 (O.Henry) 等 著

刘洋等 译

江苏凤凰文艺出版社
JIANGSU PHOENIX LITERATURE AND ART PUBLISHING, LTD

图书在版编目（CIP）

我们所选择的路 /（美）欧・亨利 (O.Henry) 等著；
刘洋等译 . -- 南京：江苏凤凰文艺出版社，2018.8（2024.2重印）
（名家经典小说选）
ISBN 978-7-5594-2305-4

Ⅰ . ①我… Ⅱ . ①欧… ②刘… Ⅲ . ①短篇小说—小
说集—世界 Ⅳ . ① I14

中国版本图书馆 CIP 数据核字 (2018) 第 130235 号

书　　名	我们所选择的路
著　　者	（美）欧・亨利 (O.Henry) 等
译　　者	刘洋等
责任编辑	王　青
出版发行	江苏凤凰文艺出版社
出版社地址	南京市中央路 165 号，邮编：210009
出版社网址	http://www.jswenyi.com
印　　刷	三河市同力彩印有限公司
开　　本	650 × 960 毫米　1/16
印　　张	12
字　　数	159 千字
版　　次	2018 年 8 月第 1 版　2024 年 2 月第 4 次印刷
标准书号	ISBN 978-7-5594-2305-4
定　　价	59.80 元

目　录 | Contents

氯　仿

[意] 阿尔弗雷德·潘其尼

费思嘉 译

伯爵夫人决定接受一次外科手术，对她而言，这将为她的丈夫伯爵先生增添光彩。

她并没有患上真正严重的疾病，更确切地说，这是个可能会随着时间的推移而恶化的小病。当然，就像那位有名的华教授保证的那样，外科手术必定能将其根除。他的从容很令人信服，他是最优雅的外科医生之一。

伯爵夫人只在床上躺了一会儿就觉得自己的腰都快麻了。对于像她这样非常活泼的女人而言，行动受到如此的限制实在是一种煎熬。公寓里所有的装饰品[①]似乎都在为她哭泣。

“这并不完全是为了我，亲爱的，”她对丈夫说，“更多的是为了你，还有我们的孩子，因为我不想让他们从小就有一个无法动弹的母亲。”

然而伯爵还是非常担心。尽管在前厅里悬挂着的那些画像中，他的祖先们都能忍受那重达一百公斤的钢盔，但此时的他只要一想到妻子将要被推进手术室里，就觉得无法忍受。

伯爵先生漂亮的胡子也不再像从前那样精致了，然而他的眼睛却变得异常敏锐。某种不知名的力量促使他去拜访那位著名的华医生，他依然重复着同样的问题：

---

① 原文为法语。

“医生，您认为这次手术是绝对安全的吗?”

“当然是绝对安全的，除非发生并发症。”

然而伯爵先生还是无法不去在意氯仿的使用。他看着他的妻子一动不动地躺在装着氯仿的瓶子下面。

“我可怜的人儿，”伯爵夫人对他说，“你也生病了吗？难道我一个人生病还不够吗?”

*

他很想陪伯爵夫人一起去康复中心。

当伯爵夫人被带去那里时，他精疲力竭地倒在一张扶手椅里，用右手解开胸前的纽扣。他让指甲嵌入自己的皮肤里，这似乎能让他好过一点，因为痛苦似乎快要使他窒息了。

时间静静地流逝。他再也忍受不住了，一种无法抵抗的力量驱使他来到了手术室的前厅里。

过分敏锐的听觉似乎使他在这寂静中听见了死神异常清晰的呐喊声。

什么也没有！这堵墙的后方除了寂静什么也没有。

他被一阵奇特而令人无法置信的幻觉包围着：那堵无法穿透的墙后，似乎有谁正在吃吃发笑。

然而没过一会儿，两个康复中心的工作人员强行拖走了他，把他带到了离那里很远的地方。

*

手术结束了，几个小时后，华医生走进来看望病人的情况。

她的丈夫安静地坐在床头边，嘴唇半张着，他的手虔诚地放在被子上，一动不动。

“一切都很好，一切都很完美，”医生说，“她的体温一点也没有升高。”

“可是这个手术看上去已经失败了，您难道没有发现吗?”

“这只是氯仿的副作用，亲爱的先生，这种症状马上就会消失的。”

“那可怕的氯仿!”伯爵低声说道，“我简直就像是做了场噩梦……”

“事实上……”

“怎么了？难道有什么危险吗？你们给她注射了过多的剂量吗?”

“恰恰相反，或许剂量不足。”

“她当时很痛苦吗?”

“一点儿也不痛苦。”接着他站在那里陷入了沉思。

“天啊！天啊！医生，您在想什么呢?”

“科内利乌，别伤心了!”伯爵夫人温柔地说。

医生也笑了。

*

这已经不是刚才的幻觉了。

在手术室里，白色的灯光下，三个穿着白大衣的男人笑着围在一个动弹不得的女人身边，她只能任由他们摆布。

她瘦削的脸几乎已经消失在她黑色的头发下面，脸上的表情却如同女童一般柔美。

她灰色的眼皮垂了下来，露出了疲倦的笑容，在那片寂静里，她的声音微弱而清晰，她说：

“这是因为我全心全意希望你幸福啊，亲爱的!”

“谁是她的‘亲爱的’?”其中一个助手问道。

“你想知道些什么，‘亲爱的’?”

“你的丈夫呢?”

她发出一阵微弱的声音，然而没有人能听懂。

“你的丈夫呢?”那个年轻人再次问她。

她艰难地说出这样一句话：

“科内利乌·泰启德!”

“你的丈夫叫科内利乌·泰启德?”

“有好多人都叫科内利乌·泰启德。”

年轻的助手们强忍着笑。

“请你安静下来。”医生激动地喊道，“安静下来，快点睡觉，你这个讨厌的特洛伊女人。”

她的嘴唇再也不动了，仿佛是那个命令发挥了作用，阻止她再发出任何声音。

然而那低语却不断重复着。

“这是我的荣耀，‘特洛伊女人’！啊！快瞧啊！”

之后，这位医生显得更权威了。

最终，她的身体完全失去知觉，在这个光线明亮的房间里，她再也听不见任何声音，不管是脸盆发出的轻微碰撞声，还是手术刀的响声。

*

“听好了，小伙子们，”医生对两个助手说，“如果哪天你们胆敢把她受到氯仿影响的事情说出去，我马上就把你们从这里赶走。”

“她还在笑呢，医生……”

“是的，是的，好吧，但是只有这一瞬间，接下来的这些事情就都不重要了，呃……火柴放哪儿了？”

一桶蒙特亚白葡萄酒

［美］爱伦·坡

冯洪媛 译

福尔图纳对我百般伤害，这些我都尽量去忍受，但当他斗胆侮辱我时，我就发誓一定要报仇。你对我的脾气了如指掌，一定不会认为我在口出狂言。总有一天，我会报仇雪恨，这是确定不变的，当然我需要排除任何危险性的阻碍。我一定要既能狠狠地惩罚他，又能让我自己免于惩罚。若复仇者得到惩罚，那就不算是报仇雪恨了；若复仇者没让仇家知道是谁在惩罚他，那这笔仇也就没有了清。

当然，我的一言一行还从未引起福尔图纳对我的怀疑，我习惯性地和他见面微笑，而他却从未意识到我笑里藏着刀。

福尔图纳虽然在其他方面受人尊重乃至令人敬畏，但他有个弱点。虽然他自夸是品酒高手，但是很少有意大利人是真正的鉴赏家，他们把热情和精力都用在投机倒把、坑蒙拐骗英国及澳大利亚的富翁身上了。在绘画和珠宝方面，福尔图纳和他的同胞们一样，都是冒充行家的骗子。不过谈到陈年老酒，福尔图纳倒是真的识货，在这方面我和他相差不大。我自己也很擅长品意大利葡萄酒，并且一有机会就大量地买进。

那是热闹的狂欢节的一个傍晚，暮色降临时我恰好碰到了我的这位朋友。他热情地和我打了招呼，此时他已经喝了不少酒。他穿得像个小丑，身上裹着一件杂色条纹紧身衣，头上戴着挂有铃铛的圆尖帽。看到他我高兴极了，我紧紧地握住他的手，久久地不愿放开。

我对他说："我亲爱的福尔图纳，碰到你真是高兴，你今天的气色看上去好极了！我刚买了一大桶白葡萄酒，据说是蒙特亚产的，可我对此并没有把握。”

“怎么会?”他说，“蒙特亚白葡萄酒？一大桶？不可能！狂欢节期间哪弄得到?”

“我也怀疑，”我答道，“我真是蠢透了，居然没跟你商量就照全价买了它。当时我怎么也找不到你，但又生怕失去一笔买卖。”

“蒙特亚酒!”

“我不放心。”

“蒙特亚酒!”

“我非弄清楚不可。”

“蒙特亚酒!”

“我知道你很忙，现在我只有去找卢切西。只有他才会品酒，他会告诉我……”

“可卢切西连蒙特亚酒和雪利酒都分不清。”

“可有些傻瓜说他和你的本事不相上下。”

“得啦，咱们走吧。”

“去哪儿?”

“去你家地窖。”

“不，老兄，我不能利用你的好心肠，我看出你有事在身。卢切西……”

“我没事，走吧。”

“不行，亲爱的朋友。有事没事倒没什么，只是天太冷，我看你冻得够呛，再说我家地窖特别潮湿，四周都是硝石。”

“咱们还是走吧，冷算不了什么。蒙特亚酒？你肯定上当了。卢切西，他连雪利酒和蒙特亚酒都搞不清。”

福尔图纳边说边拉起我的胳膊。我戴上黑绸面具，裹上短披风，任他催着回往我的府邸。

家里不见一个仆人，他们早就溜出去狂欢了。我告诉他们，我要到第二天清早才回来，还嘱咐他们一定不要出门。我心里很清楚，我越是这么吩咐，他们就越是会趁我不在的时候跑光。

我从烛台上拿了两个火把，递给福尔图纳一个，然后点头哈腰地领着他穿过几个房间。我们走过拱廊，直往地窖奔去。我走下一段长长的盘旋式楼梯，并嘱咐他小心跟着我走。我们终于来到了楼梯底下，并肩站在蒙特里梭地下墓穴潮湿的地面上。

我朋友的脚步摇晃不稳，他每跨一步，他帽子上的铃铛就叮咚作响几下。

“那桶酒呢?”他问道。

“在前面，”我说，“留心墙上发光的白色蜘蛛网!”

他朝我转过身来，两只水汪汪的大眼睛醉意朦胧地看着我。

“硝石?”他问道。

“硝石——”我回答，“你这样咳嗽有多久了?”

“咳咳！咳咳！咳咳咳！咳咳咳!”

我那可怜的朋友咳得半天都答不上来。

“没什么大不了的。”他说道。

“喂，”我断然说道，“我们还是回去吧，你的身体要紧。你有钱有势，受人尊敬爱戴，你像我过去那样幸福。你应该多加保重，我倒无所谓。我们回去吧！你要是病了，我可担当不起。再说，还有卢切西……”

“别说了，”他说，“咳嗽不算个啥，又不会要命，我是不会咳死的。”

“当然，当然。”我答道，“我可不是存心要吓唬你，不过你真应该小心点。咱们喝点梅多克葡萄酒去去潮吧。”

说完，我从窖子里那一长溜酒瓶中拿出一瓶酒，将它砸了开。

“喝吧。”我把酒递给他。

他瞟了我一眼，把酒瓶举到嘴边。没过多会，他又停下来，朝我友好地点点头，这时他帽子上的铃铛又叮当叮当地响了起来。

“为安息在我们周围的死者干杯!”他说。

“为你万寿无疆干杯!”我说。

他再次挽起我的胳膊，我们继续往前走。

“这个地窖可真大。”他说。

“蒙特里梭是个人丁兴旺的大家族。”我答道。

“我忘了你们家族的族徽了。”

“蓝色的背景上印着一只金色的大脚，金脚把一条用毒牙咬着脚后跟的巨蟒踩得粉身碎骨。”

“那家训呢?”

“凡伤我者，必受惩罚。”

“妙啊!”他说。

喝了酒，他的眼睛熠熠放光，头上的铃铛响得更频繁了。我的想象力也因喝了梅多克酒而兴奋起来。我们穿过由尸骨和大小酒桶堆成的一道道墙，来到了墓窖的最深处。不久，我停下脚步，斗胆抓住了福尔图纳的上臂。

“硝石!”我说，“瞧，越来越多了，像苔藓挂在穹顶上。我们已经来到河床下面了，还有水珠滴在尸骨上。走吧，我们趁早回去吧。你的咳嗽……”

“没什么，”他说，“咱们继续往下走吧，但先让我再喝口梅多克酒。”

我开了瓶格拉夫白葡萄酒给他，他一饮而尽。这时，他的眼里顿时杀气腾腾。突然，他大笑一声，把酒瓶往上一扔，他扔酒时的那个手势让我迷惑不解。

我诧异地看着他，他又重复了那个手势——一个古怪的手势。

“你不懂?”他问道。

“我不懂。”我说。

“那你可不是我的好哥们。”

“怎的?”

“你不是泥瓦工。”

“不，”我说，“我是。”

“你？不可能！泥瓦工啊?”

“我是。”我说。

“那暗号呢？暗号?”他说。

“就是这个。”我边说，边从短披风的褶层下取出一把泥刀。

“你开玩笑的吧?”他嘟囔着退后了几步，“咱们还是去看你的蒙特亚白葡萄酒吧。”

“好吧，”说着我把泥刀重又放到披风下边，并把胳膊让他重新挽着。他重重地靠在我的胳膊上，我们继续向前走。穿过一连串低矮的拱门，我们向下，向前，再向下，最后来到了一个幽深的墓穴里。这里的空气很浑浊，以致我们的火把只冒火苗，不见火光。

在这个墓穴的尽头，又出现了另一个更小的墓穴。墓穴的四壁堆着成排的尸骨，就像巴黎大墓窖一样，一直高高地堆到拱顶。小墓穴的三面墙也是这么堆的，可沿着第四面墙的尸骨已被推翻，凌乱地躺在地上，有一处竟成了一个相当大的尸骨堆。挪开这些墙间，里头还有一个壁龛，它深约四英尺，宽约三英尺，高六到七英尺。看上去，当初造它时，并没有给它安排特殊的用途，它不过是墓窖两边大柱之间的空隙罢了，在这后面则是一道坚硬的花岗岩石壁。

福尔图纳举着火把，试图看清壁龛的深处，可这都是白费力，因为火光太弱，根本就看不到底。

“往前走，”我说，“白葡萄酒就在前面。卢切西……”

“他是个笨蛋，”我的朋友一面摇晃着往前走，一面打断我的话，而我则紧跟着他走进去。一眨眼的功夫，他已经走到了壁龛尽头，看到前面有很多岩石，他不知所措地愣在了那里。就在这时，我把他锁在了花岗石墙上。墙上装了两个铁环，横着相距约有两英尺。一个环上挂着根短链，另一个则挂着把大锁。用链子把他拦腰拴上再锁住，也就是几秒钟的事。他惊慌失措地忘记了反抗，我则抽出钥匙，退出了壁龛。

“伸手摸摸墙，”我站在洞口说，“摸到硝石了吧，是不是很湿很滑？让我再求你一次，快回去吧。不回去？那我可要先回去了，不过走之前我得好好照顾照顾你。”

“蒙特亚酒！”我的朋友惊慌失措地失声喊道。

“当然，”我说，“是蒙特亚酒。”

说着我就在刚才提到的尸骨堆上忙活起来。我把尸骨扔到一边，下面很快便露出了砌墙用的石块和泥灰。用这些材料和那把泥刀，我开始卖力地在壁龛入口处砌起墙来。

我的第一层石块还没砌好，福尔图纳就已酒醒大半了。我先是听到壁龛深处传来福尔图纳微弱的呻吟（那明显不是一个醉汉的哭声），随后便是死一般的沉寂。我一连砌了三层，等砌到第四层时，打里面传来了疯狂摇晃铁链的声音。这声音持续了好几分钟，我干脆停下手中的活，坐在尸骨堆上，满足地聆听着这动人的声音。当叮叮当当的声音逐渐平息时，我又拿起泥刀，一口气砌了第五层、第六层和第七层。这时墙差不多有齐胸高了。我停了下来，把火把举过新砌的石墙，几丝微弱的火光照到了里面的人身上。

突然，被锁住的那个人喉咙里发出一连串尖锐刺耳的叫喊声，仿佛要拼命吓退我似的。刹那间，我犹豫不决，浑身颤抖。随后，我拔出长剑，伸进壁龛里四下乱搅一番。但转念一想，又放下心来，我伸手摸摸那坚固的地下墓穴建筑，顿时安了心。我走到墙跟前，里面的人朝我嚷嚷喊喊，我也朝他吼吼叫叫，他喊一声，我应一声，叫得比他还响，吼得比他还亮。我这么一叫，他的声音倒渐渐哑了。

此时已至午夜，我的工作已接近尾声。第八层、第九层和第十层已经砌上，最后一层，也就是第十一层，也快砌好了。只剩下把最后一块石头嵌进去，再抹上石灰就行了。我使出浑身力气举起这块石头，把它的一角放在了特定的位置上。这时壁龛里突然传来一阵阴沉的笑声，吓得我毛骨悚然。紧接着是凄厉的一声，我好不容易才听出，那是高贵的福尔图纳的声音。只听他叫道：

“哈！哈！哈！真是个笑话，天大的笑话。待会回到公馆，我们笑个痛快。嘻！嘻！嘻！边喝酒边笑！”

“蒙特亚酒！”我喊道。

“哈！哈！哈！对，对，是蒙特亚酒。还来得及吗？福尔图纳夫人和其他人会在公馆里等着咱们吗？咱们走吧！”

“好，咱们走。”我说。

“看在上帝的份上，蒙特里梭！”

“好，看在上帝的份上。”我说。

可说了这句话后，我却怎么也听不到半点回复。我渐渐沉不住气了，最后大声喊道：

“福尔图纳！”

没有回答。我又喊了一声：

“福尔图纳！”

仍然没有人搭腔。我把火把沿着还没砌上的墙孔扔了进去，里面只传来一阵叮当作响的回声。我感到一阵恶心，是墓窖里那份潮气的缘故。我赶紧完工，把最后一块石头归位塞好，并给它抹上石灰。靠着新砌的这堵墙，我又重新摆好尸骨。半个世纪以来，没人再动过那些尸骨。愿死者安息！

雷托戈莱村的独眼龙的遗嘱

[意] 安东尼奥·福加扎罗

陆靖沂 译

以下这个故事是我的一个朋友 M 讲给我听的。那是一八七二年，他向我讲述了这样一个故事：

那时候我在维琴察市的公证员 X 那里当实习生。八月的一天早晨，我们的工作室来了一位雷托戈莱村的农民，他请求公证员随他一同前往他家中，听取他父亲的临终遗嘱。据他所说，他的父亲已经奄奄一息了。公证员 X 让我陪他一起去，于是我们三个人便一起动身了。一路上我们三个人可怜巴巴地挤在一辆逼仄的双轮马车上，连个坐垫都没有。那匹几乎掉完了牙的老马跑起来东倒西歪的，使得车子更加颠簸。对于我们这种身材瘦削、坐惯了舒适的扶手椅的公证员来说，坐在一辆没有坐垫的车里，简直就是一种折磨。X 的脸拉得老长，一路抱怨个不停，马车每剧烈震动一下，他就咒骂一番。我也憋了一肚子火，跟着抱怨起来。而那个农民却无动于衷，他只管自顾自地向我们描述他父亲的病情。他说他的父亲叫马迪奥·古克，人称“雷托戈莱村的独眼龙”，因为他只有一只眼睛看得见。“但是，亲爱的先生们，”这位内心同时充满悲伤和崇敬的儿子说，“他那一只眼睛，不比别人的三双眼睛差!”过了一会，我们在城郊脱离了主干道，驶进了一片干泥塘里。路面变得更加坑坑洼洼，车身也比之前摇晃得更厉害了。

还好，过了不久我们便到达了目的地。出现在我们眼前的，是一间仿佛陷落在泥地里的破砖烂瓦的屋子。人和猪都居住在这一片奇臭无比的泥沼地上，房屋一侧紧挨着一间干草仓，干草仓的顶棚宽敞而干燥。我和 X 正要进入屋子时，带路人提醒我们说，病人现在不在屋里。原来，他的房间太热、太臭了，家里人就把他抬到了干草仓的顶棚上。也就是说，我们得爬扶梯登上顶棚。X 听后火冒三丈，他还从未遇到过这种情况，也从没有爬过那种扶梯，他要求立刻回城。然而那个农民扛着梯子，一再强调它是很稳固很坚实的。而在干草仓的顶棚上，他的一个同伴也循声而来，一把抓住梯子，帮忙说道："来吧，先生们！不要怕，梯子很牢固的！"我向来讨厌健身和登山，更别提现在要我爬这架空的梯子了，但是好歹我还有一丝职业责任感，当然这其中也掺杂了某种好奇心，我想要亲自证实一下农夫所说的话，这样日后也好有个谈资。于是，我便克服了反感，小心翼翼地去登梯子。当我顺利地爬上顶棚时，我说服 X 也跟上来。

在顶棚上，你得千万留心，以免一不小心摔下去。来到顶棚，我们看见一个头发掉光、瘦骨嶙峋的老头，他正平躺在一张简陋、肮脏的床榻上。他的脸蜡黄枯瘦，一只眼睛合上，另一只眼睛半眯着。他十分吃力地呼吸着，但看上去还没有到濒死的地步。他的身旁一左一右站着两个人，他们的脸十分精瘦，胡子被剃光了，神情狡黠。其中一个人手里挥舞着一根树枝，把苍蝇从那张垂死的脸庞上驱赶走。另一个人则把面包和干酪掰成许多小块，一边塞进那张掉光了牙齿的嘴里，一边低声地说道："父亲，吃吧。"不远处，有一位老太太坐在一个干草堆上，双手捂着脸。干草堆的另一侧，有几个农民正在窃窃私语，像是前来作证的。顶棚上，小桌子、椅子以及笔墨一应俱全。我们被告知，病人在前一天做过了祷告，现在他再也讲不出话了，但是他能够听得懂，也可以做手势。在这种情况下，X 不知该如何起草遗嘱才好，不过他还是决定试试看。

"爸爸！"那个喂面包和干酪的男人弯下腰，对垂死的老人喊了一声，"您把那头猪留给我吗？"老人摇摇头，表示不同意。"那您把它留给迪塔吗？"老人点了点头，表示"是的"。"波勒吉的那块地您想留给谁？"老人把目光转向那个来接我们的男人。"给吉乔？"老人又点了点头，表示认可。"先生们，你们看看，他脑子还是清醒的。"那个男人转身向 X 表示，自己先前的话完全没错。

不管怎样，我们还是要征求一下病人的妻子——那个蜷缩在干草堆上啜泣的老太太的意见。老太太马上走过来，喋喋不休地向我们证明马迪奥神志是完全清醒的。她说，就在半小时前他还示意身边人，他不接受兽医给公牛放血的建议。而且她还表示，关于遗嘱，她对丈夫的意愿还是了解的。说这些话时，她的情绪很激动，让人感觉她应该是位好太太，不会欺骗公证人。于是X便向她询问了一些关于合法继承人和财产的信息。老人拥有的财产可是远远超过眼前所见，他有二十多公顷良田，一部分在波勒吉，一部分在雷托戈莱村，有一间房子在博尔代尔西奈拉，另外还有一些牲畜和一些没有卖掉的农作物。老太太所说的话在儿子和那几个证明人处也得到了证实。

X给老人提了个建议，让他大致对财产的分配做个规划，比如可以把所有财产按照份数来分。但是这样好像行不通，老人的妻子、儿女们以及那些证明人都知道，老人固执地想要把每一份财产具体分给不同的子女。证明人中，有一位老人略微受过点教育，他递给X一支烟，微笑着与他交谈起来。他说，他希望X能原谅其他几个农民的无知。他的谈吐显露出，他为自己拥有这么多学识而洋洋得意。这位老人没有提出任何疑问，只是向X保证，遗产的分配一定会按照法律规定来。“马迪奥脑子还很好使。”他说。然后X便开始向床榻上的老人提问，我则在一旁边听边做记录。经过几番提问和手势交流后，房屋、庄稼、牛、马、猪，甚至是那辆破破烂烂的双轮马车都被我分配给了老人的几个儿子——吉乔、迪塔和凯科。

“您的妻子呢?”X大声问道，“您不想留点什么给您的妻子吗?”老人摇了摇头。所有人，包括他的妻子在内，都证实了老人的这一想法。“好吧，”X嘀咕了一句，“这需要通过法律程序，我们会再参照法律的规定的。”“先生，”那位老太太毅然决然地对X说，“我不想强求什么，我以前挨过饿，以后我就仍旧挨饿吧。”我的上司听她这么说，也只好开始大声宣布遗嘱内容，我则让出位置，退到一边看着。

正当X读遗嘱时，一只公鸡突然跳上了顶棚。忽然一阵声响，我立刻转过身，只见一位年轻村妇出现在眼前，手里抱着一个奶娃娃。她满脸通红，头发蓬乱，气喘吁吁地走了过来。“你们在这里干什么?"她问我，明亮的眼睛盯着我，"你们想饿死我和我的孩子吗?"她的出现引起了轩然大波。老太太站起身，老人的几个儿子蜂拥而起，就要扑向那个刚刚到来的女人。此时 X 一跃而起，大声喝止住所有人，用充满威严的语气问道："这个女人是谁?"那位老母亲回答道："先生，让我来告诉您吧，她是我女儿，但是我想告诉您，她什么也分不到，她已经拿走很多很多了，我不知道……""母亲，竟然连您也这样!"那个年轻的女人表情痛苦地打断了老太太的话，"我的兄长们像恶狗一样对待我，我已经受够了，但是您怎么能这样？我做错什么了？我身上流的难道不是你们的血吗？为什么要这样对我？凭什么来指责我？凭什么来指责我的丈夫?""够了，够了，够了!"随着 X 的一声大吼，遗嘱被撕了个粉碎，"你们这些人还有没有羞耻心！谁再吵，我就把谁送进监狱!"

那些证明人都吓得面如土色，几个儿子气得脸色发白，而母女俩则用恶狠狠的目光对视着。当 X 把遗嘱撕烂后，所有人都不敢出声了。突然，那个年轻的女人迈开脚步，径直向垂死的老人走去。她把手里的婴儿放在了老人身旁，谁也没敢阻止她。

"父亲!"她声嘶力竭地哭喊道，"难道您真的想饿死我吗？我死不要紧，但是您至少得给这个孩子留块玉米烙吧!"这时，马迪奥把他仅有的那只眼睛也闭上了，没有做出什么厌恶的手势。枕头上那一大一小两个脑袋始终令我难以忘怀：那个婴儿正冲着他母亲傻傻地笑着，他头发金黄，肤如凝脂，瞳孔碧蓝澄澈；而秃顶老人则面露愠色，被死亡的阴影笼罩着。魔鬼正把他的魔爪伸向这个枕头，准备抓走其中的一个灵魂。这种不祥的预感掠过我的心头，使我不禁战栗起来，X 也朝枕头那儿投去了诧异的目光。在我看来，一切仿佛都是命运弄人。

就在这时，神父来了。我认识他，他是一个质朴的人。他看到那个婴儿躺在病榻上，似乎误解了什么，竟面露喜色。"啊，真好，真好!"他说，"谢天谢地!"不知何故，孩子竟开始哇哇大哭起来，他的母亲刚准备把他抱起，却被罗科先生制止了。"把孩子放这，就放这，"他抓住病人的手腕说道，"让他死去时，身旁能有个小天使做伴吧。"随后，他开始为这个垂死的人祷告。X 对这种类似的场面毫无兴趣，就从梯子上爬了下去。大家都站着一动不动，没有人去帮他的忙，我也只得跟在他身后下了梯子。可是不知何故，在他彻底离开之前的那一刻，我又突然情不自禁地折了回来。老人的儿子们和其他的证明人都不见了，不知道是什么时候离开的。那位年轻的母亲，抱起哇哇大哭的孩子，不停地抚摸他、亲吻他，以使他安定下来。她已无心关注其他，仿佛只有怀里的孩子才配得上她的关怀。而老太太，则双膝跪地，守在老人的床边，她用她那近乎狂热的虔诚，把自己的热情奉献给丈夫，直到他生命的最后一刻。

随后，我沿着一排排缀满乌黑饱满的葡萄果实的藤架，漫步穿过了长得正旺的金灿灿的玉米地和繁花似锦的草地。为什么大自然的美能够如此纯净，因为上帝赐福于百花，赐福于果实，让它们把这个世界装点得生气盎然。然而，不幸的是，它把贪婪和仇恨——这最该受到诅咒的仇恨——也播种到人们的心里了。

“我不明白，”我的朋友 M 总结道，“人们为了歆享上帝给予的恩惠而构想出的体系里，定是有哪个地方出错了。”

“我也对此生畏，”我对 M 说，“自私自利是人性中与生俱来、深深扎根的罪恶。我害怕这种罪恶，但是这个问题还是留给大地和人类的主人吧，他们定会找到一个很好的解决办法的。”

贝加莫的瘟疫

[丹麦]茵斯·彼得·雅克布生

韩 旭 译

贝加莫旧城坐落在矮山峰上，有墙有门；贝加莫新城横卧在山麓之上，四面迎风。

某天，新城里爆发了一场瘟疫，传播速度快得令人咋舌，大批民众因此命丧黄泉，死里逃生者也都奔赴旷野，逃往世界各地。为了净化空气，旧城的民众纵火烧毁了那座弃城，但无济于事。那里的民众开始垂死挣扎，起初一天死一个人，而后一天死五个，后来十个，再往后二十个。在疫情最猖狂之际，死亡人数剧增。

尽管如此，他们却无法跟随新城民众的步伐，选择逃离。

不是没有人以身试法，但他们却过着猎物一般的生活，水渠阴沟、树篱丛中以及绿意盎然的田间地头都成了他们的藏身之地，因为最先逃亡的民众曾将瘟疫带到了千千万万的农民家中。因此，每当农民遇见陌生人，都会以飞石相待，将其逐出家园，或是将其视作疯狗一般，对其拳打脚踢，毫无怜悯顾惜之情。农民相信，这是无可争辩的正当防卫。

旧城的民众不得不坐以待毙。更糟糕的是，天气一天比一天炎热，恐怖的瘟疫也一天比一天变得贪得无厌、咄咄逼人。民众内心的恐惧膨胀到近乎疯狂的境地。往日井井有条、令行禁止的社会秩序也不复存在，仿佛被大地吞噬了一般，取而代之的是人性最歹毒的一面。

瘟疫爆发伊始，民众还不忘和睦协作，共同应对疫情。他们留意尸体是否及时恰当地被掩埋掉；确保每处广场及空地上的熊熊篝火天天燃烧不息，只有这样，飘往大街小巷的空气才会干净。穷人可以领到杜松和醋酸，最重要的是，从早到晚都会有民众赶往教堂，他们或独自一人，或结队而行。每当日落西山，在他们来到上帝面前祷告之际，教堂里的所有钟声仿佛都在向上帝恸哭哀嚎，这是因为成百上千的民众扯开了嗓门。民众被要求遵守斋戒，每天往祭坛供奉圣物。

最终某天，他们感到了手足无措。在喇叭与号角的奏鸣声中，他们从市政厅的阳台上大声疾呼圣母、长官和市长大人永垂不朽。

然而一切皆是枉然，于事无补。

民众意识到这点，越发相信上帝既不愿意也爱莫能助，于是，他们便无所事事地将双手耷拉在大腿上，说上这么一句："爱怎么着就怎么着吧。"不仅如此，这场灾难看似已经由一种秘而不宣的疫病演变为了一场十恶不赦、明目张胆和肆虐横行的瘟疫。生理上的传染病在于竭力击垮肉体的防线，而它却与心理上的传染病沆瀣一气，戕害灵魂。它们的行径是如此耸人听闻！它们的力量是如此邪恶！空气里弥漫着亵渎神明和不诚之意的气息，飘荡着老饕的呻吟与醉汉的咆哮。最具野性的夜晚都包庇不了此地光天化日之下的放荡行径。

"今天好吃好喝，明日行将就木！"他们仿佛为这些哀怨谱上了曲调，加之五花八门的乐器，竟然上演了一出令人毛骨悚然、没完没了的音乐会。没错！如果说仍有罪行名录未曾诞生的话，那么他们便是始作俑者，因为无论如何他们都无法改变邪恶的本质。最羞于启齿的恶习在他们当中生根发芽，即便像妖术、巫术以及驱魔术等罕见的罪行，他们都已见怪不怪了，因为很多人希望从这些邪恶的力量中获得上帝未能赐予他们的庇佑。

在他们的意识中，已经难觅任何相互帮扶、相互怜悯的思想了。人人只求明哲保身，任何染病之人都被视作共同的敌人。而且，若是有人因为瘟疫而第一次发作热病，精疲力竭之时，不幸瘫倒街头，他不但求助无门，还会招致长矛相刺、飞石相向，迫使其自行远离那些健康之人。

疫情日益严重，夏日的阳光明晃晃地烘烤着下面的城镇，不见一滴雨水，不觉一丝微风。屋子里横七竖八的尸体正在慢慢腐去，有些尸体只是半掩在土里，散发出一阵令人窒息的恶臭，夹杂着飘自街道上方的沉闷空气，扑面而来。于是，引来了千军万马般的渡鸦和乌鸦，在城墙与屋面上堆积成黑压压的一片。城镇周边的城墙上栖息着不远万里而来的鸟群，初来乍到的它们身躯庞大，充满异域风情，长着一只渴望掠夺的嘴巴和一对弯曲的爪子。它们安然地栖息在那儿，贪婪地觊觎下方，仿佛只为静候这座罹难的城镇变成一个腐尸巨坑。

就在瘟疫爆发十一个星期之后，塔楼里的巡视员和站在高处的其他人员发现了一行来路不明之人，这些人正从旷野走向新城的街道，行走在烟熏火燎的石墙与黑色的木屋灰烬之间。人数众多，少说也有六百余人，有男有女，有老有少，手里握着黑色的大十字架，头顶飘扬着宽阔的红色旗帜，颜色如火似血。他们一边行进，一边高歌，那悲痛欲绝的失望情绪冉冉升起在这死寂的闷热空气中。

他们的衣物或棕褐色，或灰白色，或黑色，胸前都佩戴了一只红色徽章，在他们靠近时，才确定那是一个十字架。他们一路走来，越来越近。他们沿着一条通往旧城、两侧建有城墙的陡峭道路艰难向上爬行。这是一张张白色脸庞，每人手握一根鞭子，红色徽章上印有火焰之雨。黑色十字架在人群中来回晃悠。

涌动的人潮中飘溢着一股汗渍味、灰烬味和陈腐的焚香味，路面的扬尘更是嚣张肆虐。

他们停止了歌声，也不再说话，除了一双双赤脚发出的如同牲畜踏蹄一般的声响以外，听不见任何声音。

一张又一张的脸庞走进了塔楼门下的黑暗，而后重现在另一端的光明之中，表情迷茫而倦怠，眼睑半开半合。

歌声随后再起，这是一首祷告，手中的鞭子攥得更紧，行走的步伐更加矫健，此时的祷告如同一首战歌。

他们看上去仿佛来自一座饿殍之城，脸庞苍白无力，周身瘦骨嶙峋，双唇血色浅薄，眼睛下方是两道深深的黑眼圈。

贝加莫的居民聚拢在一起，注视着他们的到访，惊讶之余，更显不安。他们放浪不羁的红润表情与这些苍白的脸庞构成了鲜明对比；他们由于纵情酒色而日渐愚钝的眼神，在这些炯炯有神、怒火四射的眼光面前不由得放低了姿态；他们这些亵渎神明的嘲弄者在听闻这些颂歌之后张口结舌，无言以对。

鞭子上有血迹。

这群外地人的到访给他们带来了一种难以名状的不安的情绪。

然而，没过多久他们就摆脱了这份不安。在那些佩戴十字架的人群中，有人认出了那个时而疯癫的鞋匠，因此，这帮乌合之众很快就因为他的出现而沦为笑柄。不管怎样，这帮外地人的出现成了当地民众日常生活中一个新的关注焦点。当外地人迈向大教堂时，所有人都跟随其后，仿佛跟着的是一伙变戏法的人或者一头被驯服的熊。

然而，在他们熙熙攘攘地挤向教堂时，他们变得有些愤愤不平，因为与这些人庄严肃穆的神情相比，他们感到自己浅薄至极。他们心里非常清楚，那些鞋匠和裁缝是为了使他们皈依基督教才来到此地为他们祷告，咕噜着他们不愿听到的祷词。其中两位瘦削、头发灰白的贤者还将不虔诚的言行举止细述成文；他们煽动当地的民众，利用他们内心的怨恨来渲染他们的情绪。如此一来，每当他们靠近教堂一步，这帮外地人就越发令人生畏，他们愤懑的呼喊声也就越发疯狂。他们可以不费九牛二虎之力便可对那些无名的鞭笞者痛下毒手。在距离教堂门口不足百步有一家酒馆，大门被人踹开，一群饮酒作乐之徒踉踉跄跄地鱼贯而出。他们自告奋勇，打起头阵，又唱又吼，领着队伍前行，还不忘搞些稀奇古怪、故作庄严的手势——只有一人兀自朝向教堂台阶直挺挺地翻着跟头，台阶上铺设了杂草丛生的砖块。这一切当然招致了阵阵哄堂大笑，随后大家便都相安无事地走进了大教堂。

再次来到这里，穿过这座凉意逼人的教堂，他们感到有些生疏了。往日蜡烛的油滴依然散发着刺鼻的味道，对于脚下沉陷的石板，他们再熟悉不过了，上面磨损的图案以及字迹清晰的铭文总能使站在上面的他们感到倦怠。然而，当他们既好奇又无奈地在拱顶下方柔和的阳光中寻求消停，或是目光游离在那些模糊不清但丰富多彩的金沙色和烟熏色，或是留恋于祭坛那奇特的倒影的时候，心中升起了一种无法压制的渴望。

与此同时，来自酒馆的那帮家伙，则在高耸的祭坛上继续着各种鄙俗的行为举止，其中有一位身材魁梧的屠夫，是一个年轻的小伙子，他解开白色围裙，系在脖子上，宛如一件挂在后背的白袍，他以近乎疯癫的方式公开称赞在场的民众，言辞之中流露鄙俗、亵渎之意。他的一位年纪稍长的同伴却感觉他极度无聊，完全不去搭理他。他是这座教堂的司事，挺着一个肥嘟嘟的肚子，脸庞像是一张剥了皮的南瓜。尽管如此，他依旧身手矫健，动作敏捷。他双膝跪拜，背朝祭坛，摇响了钟声，像车轮一般摆弄香炉，活脱脱一个小丑。至于其他人，酩酊大醉的他们平躺在台阶上，狂笑声中不时传出一响酒足之后的打嗝声。

教堂里的民众无一例外都在对着这帮外地人怒吼咆哮，嘲笑他们。他们督促这帮人仔细瞅瞅，弄清楚在这里——贝加莫旧城——人们是如何看待他们的上帝的。虽然他们并不是有意侮辱上帝，而是希望借这份骚动自得其乐，但是，当他们得知他们对上帝的每次亵渎都是对这帮圣徒心灵世界的莫大挖苦时，他们顿时感到心满意足。

这帮外地人在中殿的中央停下脚步，开始痛苦地吱吱呀呀，内心更是满腔的憎恨与仇意。他们面对上帝高抬双手，举目瞻仰，祈祷耶稣复仇之日的降临，因为有人在耶稣的领地戏谑耶稣。只要耶稣展现威力，他们将会同这些莽夫一起欣然共取灭亡。只要耶稣旗开得胜，他们会心甘情愿在上帝的跟前玉石俱焚，尽管那时为时已晚，但这些不甚虔诚之徒仍会向耶稣表明心中的恐惧、绝望与悔恨。

于是，他们开始祷告。每一句祷词都像是在呼唤曾经威震了罪恶之地所多玛的火焰之雨，又好像是在召唤赋予大力士摧毁腓力斯人宫殿圆柱的力量。他们歌声嘹亮，大声念诵祷词；一边祷告，一边抽打自己裸露的肩膀。他们裸露上身，跪坐成排，挥舞着一根犀利的打结绳子，鞭笞着血淋淋的后背。他们野蛮而疯狂地鞭打自己的身体，以至于血滴垂悬在嘶嘶发声的鞭子上。每一次鞭打都是对耶稣的一次献祭。他们会换一种方式鞭打自己！他们会在耶稣面前将自己碎尸万段直至血肉模糊！他们的身躯忤逆了耶稣的清规戒律，因此不得不接受惩罚和拷打，终了生命，如此一来，他便可察觉到耶稣是如何憎恶他们，耶稣也会看清他们为了取悦耶稣是如何最终沦落为无赖流氓的，在耶稣的意志下，甚至猪狗不如，只能作为最卑微的地痞，舔食耶稣脚下的尘土！一鞭又一鞭，直至手臂耷拉下来，或者因痉挛而蜷缩一团。他们躺在那里，成排连片，眼神疯癫，口吐白沫，鲜血沿肌肤流淌而下。

面对眼前的场景，他们突然感到一阵悸动，发觉脸颊燥热难耐，呼吸也越发困难，仿佛头皮下萌动着一股寒流，膝盖也渐趋无力。他们屏住呼吸，大脑里一阵狂乱，似乎对它有所了解。

他们屈服于一种严苛而强大的神性，被押至耶稣脚下；他们虔诚但不谦卑，祈祷但不沉默，他们疯狂地自我羞辱。在挥舞着的熠熠闪光的长鞭下，这种羞辱充斥血腥，引来哀号无数，当然，对于这一切，他们心知肚明。甚至连屠夫都默不作声，掉光牙齿的两位贤者在这双游离的眼睛面前也低下了灰白的脑袋。

教堂里鸦雀无声，只听见人群中有一种轻微的走动声，如波浪涌动。

随后一个年纪轻轻的修道士从这群人中走了出来，讲起话来。他的脸色苍白，如同一张亚麻布，黑色的眼睛灼烧得好似一块碳石。他只为等待死亡的降临，嘴巴周边布满了阴沉的纹路，对痛苦已毫无知觉，仿佛一块经过雕琢的木头，而不是人类脸庞的皱纹。

面对耶稣，他抬拢那瘦小而病弱的双手开始祷告，长袍的袖口顺着倾斜的白色手臂滑落下来。

他开始长篇说教。

他说到地狱，认为地狱与天堂一样无边无际，这个世界是孤独的，充满了各种苦难，每一个受到谴责的人都注定要鬼哭狼嚎，忍受种种磨难。那里有汪洋成海的硫酸，有接连成片的蝎尾鞭，熊熊燃烧的火焰犹如一件包裹全身的斗篷，而默默燃烧的火焰则已经硬化，侵入身体，仿佛伤口周边的一根扭曲的长矛。

教堂里依旧悄然无声，人们屏气凝神地聆听他的祷告，因为他祷告的口吻好像他曾经亲眼目睹那种场景，于是人们不禁自问：难道他就是那个遭受谴责的人？从地狱的深渊里派送上来为我们以身试法的吗？

而后，他喋喋不休地宣扬着耶稣戒律的威力，劝说人们务必履行每款戒律。他们为之感到愧疚的每项罪行都将一五一十地报复到他们头上。“但是耶稣是因为我们的罪行而受死，这里的百姓说，因此我们不必遵守戒律。可是我要对你们说，你们任何人都不会逃脱地狱的牢笼，你们的肉体摆脱不了地狱飞轮的任何一根铁齿。你们指望看见各地耶稣被钉死的十字架，赶紧的，赶紧的！赶紧过来看一看！我一定会领你们径直走到那里。你们知道，在某个星期五，他们把耶稣逐出了城门，将十字架较重的一端置于耶稣的肩膀。他们逼迫耶稣背负十字架来到城市外围的一座寸草不生的荒山，他们成群结队地跟在耶稣的后面，脚底扬起的尘土看似笼罩大地的一片红云。随后，他们扯掉了耶稣的衣物，让耶稣裸露身体，好比上议院将罪犯游行示众，这样无人不晓即将遭受酷刑的肉身的模样。他们将耶稣抛至十字架上，伸展耶稣的身体，而后，在耶稣的两只反抗的手掌以及交叉的脚掌上钉了铁钉。他们抡起棍棒敲打铁针，直到只有针头露在外面。他们将十字架竖立在一个地穴之上，但十字架就是难以站稳、竖直，于是他们把它从一侧移至另一侧，并搬来了楔子与木桩堆在周围，而负责搬运的那帮人则往下拉了拉帽檐，防止耶稣手上的鲜血滴进他们的眼睛。钉在十字架上的耶稣望着下方的兵丁们，他们正在为耶稣未缝合的衣物抽签，同时，耶稣也在望着这群暴民，耶稣因他们而受罪，他们因为主的受罪而得到救赎。所有人群中，看不见一双同情的眼睛。

“那些人站在下方，仰看悬挂在那里受苦虚弱的耶稣，他们看见耶稣的头顶上方的罪状牌写着‘犹太人的王’。他们辱骂耶稣，向耶稣叫嚷：‘你这个声称把圣殿拆毁又在三天内重建的人啊，可以先救自己呀！你如果真是上帝的儿子，就从十字架上下来吧！’然后，上帝的独生子耶稣愤怒不已，认识到他们不值得救赎，但这些暴民却遍布世界各地。耶稣的脚掌挣脱了钉头，耶稣握紧了铁钉周围的手指，撕开了铁钉，因而十字架的两翼弯曲得如同一把弓箭。耶稣纵身一跃，跳到地面，一把抓起衣物，这样骰子就滚落各各答的坡道，于是耶稣抛开了它，在绕了耶稣一圈之后，它捎走了犹太王的愤怒，升入了天堂。十字架孤零零地立在那里，伟大的救赎事业永远无法完成。上帝与我们之间再也没有斡旋者；再也没有愿意为我们死于十字架的耶稣；再也没有愿意为我们死于十字架的耶稣，再也没有愿意为我们死于十字架的耶稣了！”

修道士保持了沉默。

他倾向人群，对着他们的脑袋掷地有声地说出了最后一句话。教堂里响彻了痛苦的哀怨，他们开始在角落里抽泣。

然后，那个屠夫挤到了前方，双手举起，咄咄逼人，脸色苍白如死尸，喊道："修道士，修道士，你必须把耶稣再次钉到十字架上，你必须这样做!"在他身后响起一阵嘶哑的声音："是的，是的，把耶稣钉在十字架上处死，把耶稣钉在十字架上处死!"在所有的叫喊声中，有声色俱厉的，有苦苦哀求的，也有专横决断的，这股叫喊声如狂风骤雨响彻拱形的屋顶："钉在十字架上处死，钉在十字架上处死!"

一个清新、安然的声音兀自颤抖地响起："把耶稣钉在十字架上处死!"

这个修道士看着下面的这一片举起的双手，在他们扭曲的脸庞上一张张声嘶力竭的嘴巴开开合合，露出了一排排牙齿，皓白如雪，如同哺乳动物被激怒时显露的牙齿。狂喜之后，他面对天堂，展开双臂，大笑不已。而后，他走下祭坛，他的民众举起印有火焰之雨的旗帜以及空荡荡的黑色十字架，熙熙攘攘地涌出教堂，再次高歌，路过广场以及敞开的塔楼的大门。

他们走下山去，贝加莫的其他民众在后面注视着。两侧建有城墙的陡峭山路在日薄平原的太阳下迷离朦胧，但巨大的十字架在人群中左右摇摆，投射在红色城墙上的阴影颜色也越发暗淡，但轮廓依然明晰。

更遥远的地方响起了歌声。即便是远离了烟熏火燎、空虚无人的新城，仍有一两面旗帜红光熠熠，而后他们便消失在阳光照耀下的平原上了。

女人与大地

[奥地利] 茨威格

曾　悦 译

那是一个炎热的夏季，雨水稀少，异常干旱，全国庄稼严重歉收，因此多年以后，这个夏季仍旧保留在人们恐惧的记忆中。仅在六七月间有零星几场阵雨掠过干涸的田地，而自从日历翻到八月份，就再也没有下过一滴雨，甚至在高海拔地区，在那处蒂罗尔州[①]的高山峡谷中（我和其他人一样原以为可以在那儿避暑），空气也夹带着藏红花色的火光和烟尘灼烧味。从清晨时分起，太阳就开始从空旷的天际呆滞地向下盯着死气沉沉的大地，毫无光泽地泛着黄色，就像高烧病人的眼睛。几小时后，一股略带白色的令人窒息的雾气逐渐从午后黄铜色的盆地中升腾起来，笼罩着整个山谷。不过在远处某个地方，巨大的白云岩高高耸立，岩上的积雪闪闪发光，晶莹剔透，但是眼睛却只能在回忆中感受这抹清凉的微光，这样渴慕地看着这块白云岩，想着此时此刻风或许正环绕着山岩呼啸，而与此同时，一股贪得无厌的热气正在谷地中从早到晚不停地蒸腾，用成千上万张嘴吸干人身上所有的水分：这一切都使人感到无比心痛。渐渐地，在这个不断沦陷的世界里，植被枯萎，枝叶枯死，小溪枯竭，一切生机也随之消亡，时间也变得慵懒而迟缓。我，同其他人一样，几乎只在室内打发这些没完没了的日子，成天衣衫不整地站在昏暗的窗边，被动地等待着变化，等待着凉爽，然后逐渐陷入到对暴风雨迟钝而无力的梦境中。很

① 蒂罗尔州：位于奥地利西南部。

快这一愿望也枯萎了，它就像一种沉思，同那些饥渴的小草的沉思一般麻木而无力，又像是一种梦境，它属于那纹丝不动、雾气氤氲的森林。

可是天气仍一天比一天热，迟迟不肯下雨。烈日从早到晚都在低空中炙烤着，它那折磨人的焦黄眼神逐渐有了一些狂人般冷漠的固执。一切生命仿佛都将静止，一切事物似乎都要停滞，动物们也不再欢闹，白茫茫的田野上只有摇曳的热气在低吟浅唱，只有沸腾的大地产生的云雾在嗡嗡作响。我想走出房屋，走进森林，在那里，树木投下的倒影泛着幽幽的蓝，在树间颤动。我渴望在那躺下，只求躲开太阳那固执而焦黄的目光。可是就这几步于我来说也已太过遥远。因此我继续坐在宾馆入口处的藤椅上，一小时或两小时，拼命想挤进屋檐在石子路上投下的狭长阴影中。有时，当薄薄的四边形的影子变短，阳光爬上了我的手，我会向后挪动一番，接着继续靠在椅子上，面无表情，若有所思地盯着昏暗的灯光，全然没有了任何对时间的感觉，没有希望，也没有信念。日子在这样可怕的酷热中融化，时间被煮烂，溶解在这炎热的、毫无意义的梦幻中。我只感到灼热的空气正气势汹汹地逼近，在外部紧贴着我的毛孔，而体内则是烧灼的血液，跳动着，不断地捶击。

突然，我仿佛从野外感受到了一阵气息，很轻柔，十分轻柔，仿佛从某处传来了一声急切、渴望的叹息。我不由得一惊。这不是风吗？我早已忘记风是什么模样，我那干枯的肺部已许久未能畅饮这股清凉。我躲在屋檐下影子的一角，却仍然无法感觉到风的临近。不过那边山坡上的树木一定预感到了一个陌生的存在，因为它们瞬间开始微微摆动，好像正在俯身相互耳语。树荫都变得不平静了，它们活跃而激动地扫来扫去。从远处某个地方忽然响起一阵深沉却又飘乎乎的声音。的确，风来了，先是一丝耳语，接着是一阵吹拂和摇动，然后是一顿管风琴般的呼啸，最后是一阵更为猛烈的劲吹。弥漫的云雾仿佛被突如其来的恐惧所驱使，纷纷从尘土中扬起，穿过街道朝着一个方向逃遁而去；那些原本栖息在黑暗中的鸟儿，都一下子开始偷偷摸摸地叽叽喳喳鸣叫，叫声通过空气传了过来；马匹则不住地打着响鼻，从它们的鼻孔中流出了白沫；而远处的山谷中，牲畜在咩咩哞哞地叫个不停。某种强有力的东西苏醒了，就要逼近，大地已经知道了这一点，森林和动物们也是。此时从天际飘来了一方轻柔的灰色面纱。

我兴奋地颤抖起来。我的血液因为受到热气轻微地刺激而被撩拨起来，神经紧绷着，发出噼啪的声响。我从未像现在这样感受过风带来的快感和这种暴风雨即将来临的极度狂喜。如今他来了，他靠近了，他膨胀了，他宣告着自己的到来。风缓慢地推来一团团柔软的云朵，山峦那边正有什么在气喘吁吁地挪动着，好像有人在滚动一个庞大的重物。有时这股喘息会像感到劳累似的突然中断。这时那些冷杉树就犹豫不决地默默颤动着，仿佛它们想要侧耳倾听，而我的心也跟着一同战栗起来。不论我朝何处望去，都能感觉到我心中怀有的那种同样的期待。大地已经张开了她的缝隙，它们就像许多渴望的小嘴一样大张，而我自己的身体也感觉到，毛孔一个接一个地张开，急切地寻求清凉，寻求雨水那冰冷战栗的喜悦。我的十指不由自主地抽搐起来，像是要抓取那些云朵，将它们拖到饥渴的自然中。

但是它们已经来了，被看不见的手推着，懒洋洋地暗下来，好似一个个圆滚滚、胀鼓鼓的袋囊。可以看出，它们因为携带有雨水而变得乌黑沉重，轰隆隆地前进着，就像什么笨重结实的物体那样相互冲撞，偶尔会有一道柔和的闪电划过黑黢黢的云层表面，如同擦亮了一根火柴。接着云层里突然亮起一道看上去有些危险的蓝光，天空中越来越拥挤，云也由于内容物的不断增多而变得愈加黝黑。铅灰色的天空如同戏院铁色的幕布那样逐渐下沉，现在，整个苍穹都覆盖着黑色，受到压抑的炽热的欲望却被紧压不放，期盼也被最后一次无声的可怕的停滞打断。一切都被这沉入深谷的黑色重压扼住咽喉，鸟儿不再鸣叫，树木屏气凝神地站着，甚至连最微不足道的小草都不敢再抖动一下。天空就像一个金属棺材，包裹着整个炎热的世界，万物因为期待着第一道闪电而定格。我屏住呼吸站在那，十指交叉，在一阵奇妙而甜蜜的恐惧中急切地等待着，一动不动。我听到身后人们慌慌张张地跑来跑去。他们从森林中，从宾馆的大门那儿，从各个方向逃离。女仆们放下百叶窗，砰地关上窗户。霎时间一切都忙碌不堪，激动不已，活动起来，相互拥挤，准备就绪。只有我纹丝不动地站着，全身滚烫，一言不发，因为我已经在喉咙中感觉到了体内正压制着一阵呼喊，一阵随着第一道闪电而来的狂喜的呼喊。

突然我听见身后传来一声像是从饱受折磨的胸口中猛地迸发出的叹息，伴随着一句乞求而渴慕的话："要是能下雨就好了！"这声音如此野性，如此带有自然的气息，饱含压抑的情绪，仿佛是那干涸的大地，那痛苦的、被勒住的、在铅块般沉甸甸的天空重压下的大地，正用她那张开的双唇在述说。我转过身去，看到身后站着一个女孩，显然是她在说话，因为她苍白的、微微颤动的双唇正渴望地张着，一只扶在门上的手臂也在轻微地颤抖。她没在对我说话，也没在对任何人说。她像面对一处悬崖，对着大地躬下身子，毫无光泽的双眼盯着冷杉树上方的黑暗。她的眼睛黝黑而空洞，就像见不到底的深渊，朝着低垂的天空望去。这目光只贪婪地盯着上方，盯着堆积的云层和即将来临的暴风雨，丝毫没有注意到我。于是我得以不受干扰地观察这个陌生女人，看到她胸脯高耸，脖子像被什么卡住似的，身体向上不停晃动，从她打开的领口处露出的骨节酥软的喉头周围一阵颤抖，最后嘴唇也开始发颤，渴望地张开，再一次说道："要是能下雨就好了。"我觉得这又是整个躁动的世界发出的叹息。她雕塑般的形象和放肆的目光中有着某种梦游般的东西。她站在那儿，穿着浅色的衣服，在铅灰色天空的映衬下显得十分白皙，在我看来她就是渴望，就是整个饱受饥渴折磨的自然的期待。

我身边的草丛在轻柔地沙沙作响，房檐上清脆地笃笃有声，滚烫的石子路上则细碎地唰唰骚动。周围瞬间充满了这种细小的声响。我一下子意识到，这沉重地落在地上的是雨滴，第一批蒸发掉的雨滴，哗哗作响带来清凉的瓢泼大雨那有福的使者。啊，开始了，已经开始了！一种忘怀之感，一种极乐的迷醉涌上我的心头。我从未如此清醒过。我向前跳去，用手接住了一滴雨水。它用力打在我的手指上，冷冰冰的。我一把扯下帽子，想更直接地用头来感受这湿润的喜悦。我早已急不可耐地发起抖来，只盼着让雨水淋遍全身，用整个身体、使炽热干裂的皮肤、在张开的每个细胞中、一直到沸腾的血液深处来感受它。噼啪响的雨水还很稀少，但我已经提前感受到了即将降临的丰盈，已经听到它们像开了闸般喷涌而出的唰唰声响，已经觉察到了天空会快活地坍塌到森林上，扑倒在已被烤焦的闷热的大地上。

可是奇怪了：雨并没有下得更急促些。人们甚至都能数个一清二楚。一滴、一滴、一滴，又一滴，雨滴落了下来，从四面八方细声细气地淅沥沥、啪嗒嗒、刷啦啦地响着，但它们并不愿协奏成一支哗啦啦响的雨之曲。雨水犹豫不决地滴着，没有加快，反而节奏变得愈见缓慢，最后猛然停了下来，就好像一根分针突然停止走动，时间也随之停滞。我那颗因为焦急而燃烧的心登时冷却下来。我等了又等，却什么也没有发生。天空带着阴郁的神情，用黑洞洞的眼神呆滞地向下看着，死一般沉寂了几分钟，然后脸上似乎掠过一丝略带讥讽的光芒。西边的天空亮堂起来，云墙继续隆隆地翻滚着，逐渐散去。它们原本深不可测的黑色变得越来越浅，而在闪闪发光的地平线下躺卧着昏昏沉沉的大地，她倾听着，因为未能得到满足而失望不已。似乎因为愤怒，最后一阵轻微的战栗袭遍树木的全身。它们弯腰躬身，早已贪婪地伸开的枝干随后无力地垂落，仿佛已经死去。云层逐渐变得透明，一丝不怀好意的、危险的光亮停留在手无寸铁的土地上空。此后一片宁静，暴风雨消散了。

我全身发抖。我心中只有怒火，因为昏迷、失望、受背叛产生了毫无意义的愤懑。我想怒吼，或者咆哮，并且突然有了兴致，想打碎点什么，做些邪恶的、危险的事，我急需复仇。我从身体里感觉到了整个被背叛的自然的痛苦，小草的渴望也根植在我体内，还有街道的热气、林中的浓雾、石灰岩表面的灼热以及整个被欺骗的世界的干渴。我的神经像铁丝般烧灼：我能感觉到它们在身体外部充满电压的空气作用下不住地抽搐，像许多小火苗一样在我紧绷的皮肤下炙烤着。一切都让我难受，任何响动都刺痛着我，不论什么都像火焰似的在我周围窜来窜去，而天空那眼神，不管它是什么意思，都在燃烧着。我内心最深处的本能被激起，我察觉到，那些平日里昏昏沉沉、毫无生气地在大脑中熟睡的各种感官，像许多小鼻孔一样张开，每一处都使我感觉到了酷热。我再也不知道其中的哪处兴奋属于我，哪处属于自然。介于我和自然之间感觉的隔膜被撕裂了，一切都只激起了我们共同的失落情绪。我激动地盯着渐渐明亮起来的峡谷，觉得每一道光线都射进我的身体，每一颗星辰都照进我的血液。从内到外都是同样的急迫和激动，在痛苦的魔力中我感受到了所有在我身边膨胀的东西，仿佛它们挤入了我的躯体，在那里生长、燃烧。这一生机勃勃存在于一切不同事物中的神秘内核好似从我最内在的本质中向外燃烧。在感官神秘的清醒中我感受到了一切，每片树叶的怒气，垂着尾巴、沿着门蹑手蹑脚行走的狗那呆钝的眼神，一切我都能感觉到，而这一切感觉都使我痛苦。这种酷热几乎开始在我身上打下烙印，当我用手指去触碰门上的木头，能感到它在我的指间轻声地咔啦作响，就像火绒一般干燥，还带着糊味。

晚餐的锣响了。这阵铜器的鸣响直入我的心房，也让我感到痛苦。我转过身去。那些原本惶恐而激动地匆匆走过的人都上哪儿去了？那个原本身为渴望的大地、在纷乱的失望时刻却被我完全遗忘的那个女人又在哪？一切都消失了。我独自一人站在沉默的自然中。我再一次用目光扫向高空和远方。此刻天空十分空旷，但并不澄明。星星上蒙着一层薄纱，淡绿色的，从刚升起的月亮里射出猫眼石般邪恶的光。天空中的一切都十分苍白，了无生气，带着讥讽和险恶的神情。在这片孕育着危险的区域之下，昏暗的夜空泛着朦胧的磷光，仿佛热带的海洋，伴随着失望的女人那饱受情欲折磨的呼吸。上方挂着一抹余晖，明亮而讥诮，下方则是闷热的暗夜，使人疲惫得喘不过气，前者与后者相互敌对，天与地之间秘密地进行着一场无声的搏斗。我深吸一口气，只尝到了不安。我伸手抓向草丛，那里就像木头一样干燥，在我的指间泛着蓝光，噼啪作响。

又是一声锣响。这死气沉沉的声音令我反感。我不饿，也不想见任何人，可是外面这孤寂的闷热实在是太可怕。沉甸甸的天空沉默着，整个儿压在我的胸口，我觉得我再也无法忍受他这铅块般的重压。我走进餐厅。人们早已坐在了小桌旁，他们轻声说着话，但对我来说这还是太吵了。一切触碰到我敏感神经的东西于我都是折磨：嘴唇轻微的嗫嚅声，刀叉的叮当声，杯盘的哐啷声，每一个手势，每一阵呼吸，每一个眼神，都是如此。所有的响动都扎入我的身体，使我难受。我必须努力克制自己不做蠢事，因为我已经从脉搏上感觉到，我所有的感官都在发烧。我必须忍受每一个人，我憎恨所有人，因为我看见他们都安详地坐着，大吃大喝，十分惬意，而我却在燃烧。看着他们吃饱喝足后稳稳当当地歇着，丝毫不关心自然的痛苦，也不在乎干涸的大地胸中涌动着无声的咆哮，我感到一阵嫉妒。我盯着所有人，看看是否能有一个人能和我感同身受，但是他们看上去都无忧无虑，麻木不仁。只有平静的、呼吸着的、安逸的人们，他们都是清醒的、冷漠的、健康的，而我是唯一一个患病的人，唯一一个和大自然一样发烧的人。侍者给我端来了饭菜。我试着吃了一口，却没法下咽。一切触碰到我的都使我难受。我周身充满了燥热，充满了被疾病所折磨的大自然产生的雾气。

一张沙发在我身边挪了一下。我惊得跳了起来，此时听到任何一点声响对我来说都像烙铁接触皮肤一样。我看了过去。那是几个陌生人，刚刚才坐下，我还不认识他们。一个上了年纪的先生和他的妻子，典型的安稳小市民模样，长着圆滚滚的泰然自若的双眼，面部肌肉在咀嚼时上下起伏。在他们对面，半背对着我，则是一个年轻姑娘，那毫无疑问是他们的女儿。我只能看到她的脖子，洁白细长，上面是长满黑发的脑袋，那头发近乎蓝色，就像钢盔一样。她一动不动地坐着。从她僵硬的姿态中我认出了先前站在门廊上、像一支干渴的白色花朵一样渴望地绽开花瓣企盼雨水的那个女人。她细长瘦弱的手指不住地把玩着刀叉，却不发出一丝声响。这种安静使我感到愉快。她也一口东西都不吃，只有一次用手迅速而贪婪地抓起杯子。啊，她也感觉到了，那世界的狂热，我幸福地从这一渴望的抓取动作中清楚地觉察到这一点，于是我对她充满了兴趣，温柔友好地看着她的颈背。这是我现在能找到的唯一一个人，她没有同自然完全分离，她和酷热的自然一同焦灼着，而我希望，她能得知我们之间的亲密联系。我想对她大喊：“抚摸我吧！抚摸我吧！我和你一样清醒，我也在受苦！抚摸我吧！抚摸我吧！”我用滚烫的磁力包裹着她，乞求着。我紧盯着她的后背，从远处抚摸她的头发，努力让自己钻进她的目光。我用唇语呼唤她，紧贴她。我就这样一直盯着，放射出我全部的热量，以使她能感到亲切。可她并没回头。她一直僵直地坐着，像一尊塑像，冷淡、陌生。没人能帮助我，就连她也感觉不到我，她身上也没有自然，我独自燃烧着。

啊，这从内到外的酷热，我再也忍受不了了！热腾腾的饭菜产生的蒸气，油腻腻，甜丝丝，折磨着我，每阵响动都嵌入我的神经。我觉得血液在翻腾，几乎要昏过去。我体内的一切都在渴望清凉，渴望距离，而如今这样靠近人群，环境闷热不堪，泛着霉味，简直快要把我压垮。旁边有一扇窗户，我一把将它推开，让它大开着。好极了。窗外又一次变得神秘莫测，我血液里那种不安的跳动只能释放在无边无际的夜空中。天空中的月亮泛着黄白色，周围有一圈红色的光晕，像一只发炎的眼睛。田野上空飘起一片幽灵般苍白的雾气。蟋蟀狂热地啾啾鸣叫，就像在拉动金属琴弦般发出尖锐刺耳的声音，空气也似乎绷得紧紧的。与此同时，一只蟾蜍正胡乱地小声呱呱叫，狗儿也大声吠鸣；远处什么地方有牲畜在嘶吼，使我想起，这种夜晚的炎热会影响奶牛产奶。大自然病了，她也有这样无声的愤怒。我望着窗外，就像看着一面感觉的镜子。我的整个存在从窗户飞出，内心的冲动同大地的闷热相融合，潮湿、无声地拥抱在一起。

我身边的几张沙发又挪了一下，我再一次吓了一跳。晚餐结束了，人们都吵闹地站起来。我的邻桌也都起身从我身边走过。父亲走在前头，看上去心满意足，眼神中带着友好和笑意，然后是母亲，最后面跟着女儿。现在我才看到了她的脸。她微黄的皮肤显得有些苍白，颜色看上去就像窗外的月亮那样病态乏力，嘴唇和先前一样，一直半张着。她走路一声不响，但也并不轻盈。她身上有种软弱无力的态势，十分古怪地使我想起了自己获得的感受。我感觉到她越走越近，十分激动。我心中渴望同她亲近，她可能会用白色的衣裙拂过我的身体，或者我在她走过时能闻到她发间的香气。这时她开始注视我。她的目光呆滞，黑洞洞地向我逼来，死死地勾住了我，那样深切，那样用力地吸附着，以至于我只能注意到她的眼神，而她明亮的脸庞却消失了。我只能感觉到面前这团渴慕的黑暗，像跌落悬崖般坠落下去。她又往前走了几步，但目光依旧没有离开我，继续同黑色的长矛般刺入我的身体，我感觉它侵入得越来越深。现在这尖锐的目光直插我的心脏，接着它停住了。一分钟，两分钟，她就这样将目光停在那里，而我屏住呼吸，在数秒钟之内我觉得自己就这样无力地被这对瞳孔中的黑暗磁力撕裂了。然后她从我身边走过。我顿时觉得血液像是从伤口中喷薄而出，热烈地流遍全身。

这——这是怎么回事？我仿佛从死亡中苏醒。我是因为发烧而头脑糊涂吗？我不过是被一个经过的女人草草一瞥，就这样完全丧失自我了吗？可是我似乎在这注视中感觉到了同样无声的狂躁，那痛苦的、失控的、渴慕的贪婪，在我看来，它此刻正从大自然的一切事物中诞生，在血红色的月亮中，在大地千万张干渴的嘴中，在动物们痛苦的叫声中，而它也在我体内闪耀、颤动。喔，在这个梦幻般闷热的夜晚，一切是那么的混乱不堪，万物都融入了这种期待和不安的情绪！这是我的狂想吗？是世界的狂想吗？我激动不已，急需知道答案，于是我跟着她进入休息室。她在父母身边坐下，静静地倚在一把靠背椅上。她那充满危险的目光藏在眼皮下让人无以窥探。她在读一本书，但我不相信她真在读。我肯定，如果她像我一样，被燥热的自然那种极度痛苦所折磨，是没法静下心来读书的，因此这是伪装，是面对陌生的好奇心的自我隐藏。我坐在了她的对面，盯着她，急切地等待她那令我着魔的目光，不管它是不是还会出现，会不会为我解开它的谜团。可是她无动于衷。她心不在焉地一页页翻着书，目光仍旧低垂。我坐在对面等着，等得愈发热切，某种神秘的意志力紧绷着，肌肉般强有力。这完全是躯体上的力量，它想要打碎这一伪装。在这群舒适地谈天说地、吸烟玩牌的人群中，一场无声的搏斗展开了。我感觉到，她在抗拒着，她不愿抬起头，可她越抗拒，我越执意要她抬头，而我很强大，因为在我身上有整个干涸的大地的热切期盼和失落的世界那渴慕的激情。在我毛孔处依旧是夜晚潮湿的闷热，就这样，我的意志逼迫着她的意志，并且我知道，她很快就会看我一眼，她一定会。休息室后方有人开始弹钢琴。音符如珍珠般柔和地滚落，在键盘上轻快地上下跳动，附近是一拨人在嘻嘻哈哈地开着愚蠢的玩笑，这些我都听到了，都感觉到了，但我一分钟都没有松懈。现在我开始出声地读秒，并且用目光在她眼皮上吮吸着，试图从远处用意念迫使她抬起那颗倔强地低着的脑袋。时间一分一秒过去——音乐声还在远处跳跃着——突然她猛地一抬身子，朝我看来，直盯着我。又是同样的眼神，无边无尽，一片漆黑的、可怕的却又迷人的虚无，一种不断将毫无抵抗能力的我吸入的渴求。我盯着这对瞳孔深处，它们就像一部照相机的黑色镜头，我觉得它们正在将我的脸吸入里面流动着的陌生的血液中，使我灵魂出窍。我脚下的地板开始消失，而我感到了一阵眩晕的坠落所带来的甜蜜。我听到头顶仍旧传来上下翻滚跳跃的音符，但我早已不知道在我身上发生了什么事。我的血液已然流尽，我的呼吸也已停止。我感觉到，这一分钟，这一小时，或者是永恒扼住了我的喉咙……我又闭上了双眼。我像一个溺水者那样从水中浮起，全身冻僵，因为高烧和害怕危险而瑟瑟发抖。

我望向四周。在我对面的人群中不过坐着一个年轻女孩，低头看着一本书，一动不动，如画儿一般美丽，只有轻薄的衣裙下膝盖在微微晃动。我的双手也开始颤抖。我知道，现在这个满含期待与抗拒的欲望游戏又要开始了，接下来几分钟我必须竭尽全力进行挑战，以便能再次猛地潜入这目光的黑暗之火中。我的鬓角被汗水打湿，体内的血液在翻腾。我再也无法忍受。我站了起来，头也不回地走了出去。

夜空距离这灯火通明的房屋十分遥远。山谷深陷，天空如潮湿的苔藓一般忽明忽暗。这儿也不凉爽，一直都不，和其他地方一样，这儿只有干渴和迷醉的交合，这我在血液里已经感受到了。某种不健康的、潮湿的气息，像是高烧病人散发出的异味，悬浮在田野上，那儿正酝酿着奶白色的雾气。远处有火光在潮湿浓重的空气中如鬼魂般一闪而过，而月亮周围出现了一圈黄色的光晕，这使得它的眼神变得不怀好意。我从未感到如此疲惫。这儿有一把白天被遗落在室外的编织椅，我一屁股坐了下去。我一动不动地躺着，四肢从身体上无力地垂落。此时全身放松地紧贴着椅子上柔软的藤条，使我一下子觉得闷热是如此美妙。它不再使人痛苦，只是温柔地、满含情欲地逼近，而我并不阻止它。我只是闭着眼，什么都不看，为了更强烈地去感受自然，感受那包裹着我的勃勃生机。黑夜就像一条珊瑚虫，一只柔软的、光滑的、吮吸着的生物，将我团团围住，用千万张嘴抚摸着我。我顺从地躺着，将自己交给那环绕、包围、紧贴着我，啜饮我血液的任意一个存在。我头一回感觉自己在这样一个湿热的拥抱中变得像女人一样感性，让自己融化在这献身所带来的温柔迷狂中，就这样突然不加反抗地将自己的整个肉体交给了自然，使我有了一种甜蜜的恐惧。这看不见的存在温存地触摸着我的皮肤，逐渐侵入进去，使关节慢慢放松，这种感觉极其美妙，而我并不反对感官的松弛。我任凭自已滑入这种全新的情绪中，只神秘地感觉到，这个夜晚和那道目光，那个女人和这片土地，他们是浑然一体的，都在其中甜蜜地迷失了自我。有时我会觉得，这片黑暗就是她本身，这股抚摸我四肢的热流就是她的肉体，同我的躯体一样融化在了黑夜中。依然在梦中感觉着她，在泛着黑色的、热浪翻滚的迷乱情欲中，我渐渐失去了知觉。

有什么东西把我给惊醒了。我的手用力向四周挥舞，迟迟镇静不下来。后来我看清楚，原来我闭着眼躺下睡着了。我想必是打了一两个小时的盹，因为宾馆休息室里的灯光已经熄灭，一切都归于宁静。我的头发湿漉漉地贴在太阳穴上，仿佛这个梦幻般的却没有产生梦境的瞌睡像滚烫的露珠般降临在了我的头上。我头昏脑胀地站了起来，回到屋内。我的心中十分沉郁，而周围也是同样混乱不堪。远处有什么东西在怪叫，时不时有一道闪电吓人地划过天际。空气中弥漫着火的味道，群山那头，阴险的雷电在闪闪发亮；在我心中，回忆和预感也在荧荧地闪着磷光。我本想留下仔细想想，在享受中解释这神秘的状态，但时间已晚，我只得回去。

休息室里已空无一人，灰白的烛光中散乱地摆放着许多沙发椅。屋子里空空荡荡，了无生气，有些阴森恐怖，我不知不觉地在烛光中投下了柔和的影子。我看到这形态怪异的影像，觉得十分困惑。那个女人的目光在我内心深处还十分生动。烛光跳动了一番，我感觉到，这光在黑暗中将我照亮，它清醒地从四面墙中觉察到了一丝神秘的预兆，而它的预兆在我的血液中鬼火般的忽闪着。天气还是这么闷热！我一闭上眼就能感到眼皮后面跳动的紫色火焰。炽热的白昼还在我体内放光，闪烁的、潮湿的、梦幻的黑夜还在我胸中热望！可我没法在走廊呆下去了，到处都昏暗而荒凉。于是我走上楼梯，却又心不甘情不愿。我心中有某种控制不住的反抗情绪。我很疲倦，但又觉得现在睡觉有些太早了。某种神秘的、有预见性的气息在向我预告还会发生什么刺激的事，于是我的感觉器官向前伸展，以期发现一些温热的活物。我的感官仿佛伸出了许多娇小灵活的触角，在楼道里摸索，触摸着每一扇房门，正如之前在自然中，我现在将整个感觉投入到了这栋房屋。我感觉到了睡眠，感觉到了许多人在房里缓慢地呼吸着，感受到了他们在没有梦境的睡眠中深色黏稠的血液在沉重地起伏流淌，还有他们那头脑简单的安详，不过我还感受到了某种力量那充满磁性的吸引。我预知到有某种东西和我一样清醒。是那道目光，是那片将这目光中的紫色疯狂注入我体内的大地吗？我相信能从墙壁上的某处感觉到这柔软，一丝不安的小火苗在我体内颤动，在血液中引诱着，一直没有燃尽。我极不情愿地爬上楼梯，却又在每一级台阶上驻足许久，仔细倾听；我不仅用耳朵在听，还用上了所有的感官。我内心的一切都在焦急地等待着前所未有的事，对此我毫不惊讶，因为我明白，这个夜晚不会没发生什么奇妙的事情就这样结束，这场燥热也不会没有闪电就这样过去。当我站在楼梯扶手旁细听时，我又一次变成了外面那昏迷地张开身躯、嚷着要雷雨的整个世界。可是依然没有任何动静，只有轻微的呼吸穿过安静的房屋传来。我疲惫不堪，失望地走上最后几级台阶，面对着我那孤寂的房间，就像对着一具棺材那样恐惧。

门把手在黑暗中幽幽地闪着光，摸上去潮湿而温暖。我打开门，房内的窗户洞开，露出一方夜空，还有森林上方那些挤挤挨挨的冷杉树梢和树林间一小块云层密布的天空。窗内和窗外的一切，无论是大自然还是房间，都是昏暗的，唯独——真是奇怪——紧靠着窗框有一道苗条而挺拔的光影，就像一抹遗落人间的月光。我惊奇地走过去，想看看在这样月色朦胧的夜晚是什么在那样明亮地闪烁。我走近了，那影子动了一下。我惊呆了，可是没错，我并没有吓坏，因为在这样的夜晚我内心已经准备好面对任何不可思议的事情，一切都已经事先预料到或者在梦中有所认识。对我来说没有什么遭遇会是离奇的，这个更不会，真的，因为我面前站着的就是她，那个我总是不自觉会想到的她，每时每处，在每一级台阶上，在沉睡的房中每走一步，穿过走廊和房门，我的感官都能觉察到她的清醒。我只能看到一丝微光照在她的脸上，她的睡衣就像一团薄雾，包裹着她的身体。她倚在窗边，就那样站着，身子探向窗外的大地，被深处那波光粼粼的湖面吸引到属于她的命运中，看上去像是童话中的人物，像是池塘边的奥菲利亚。①

---

① 奥菲利亚：莎士比亚剧作《哈姆雷特》中的女主人公，最终在溪流中自溺身亡。

我走得更近了，有些恐惧，同时又有些激动。她一定是听到了响动，转过身来。她的脸藏在阴影中。我不知道她是否真的看到了我，或是听到了我的声音，因为她表现得毫不突然，也没有显得吃惊或是抗拒。四周万籁俱静，墙上一只小钟在走动。接着她突然轻声说道："我好害怕。"

她在对谁说话？她认出我了吗？她在对我说话吗？她是在说梦话吗？这是同样的声音，同样颤抖的语调，和今天下午面对低垂的云朵时一样的颤抖，可她的目光却丝毫没有注意到我。这很奇怪，可是我并不惊讶，也不疑惑。我向她走去，安慰她，抓住了她的手。这手摸起来就像火绒一般，又热又干，手指的力量在我的手中温柔地破碎了。她无声地任由我握着她的手。她身上的每个部位都软弱无力，动弹不得，任人摆布，只是嘴里再一次悄声说道："我好害怕！我好害怕！"然后在一声叹息中如同窒息而亡，"啊，太闷热了！"这话听着像是从远方传来的一阵轻声的耳语，就像我们两人之间的一个秘密一样被叙说着，但我感觉到：她并没在和我说话。

我抓住她的胳膊。她就像下午暴风雨中的树木一样微微颤抖，但她并不反抗。我抓得更紧了，她终于让步，虚弱地，毫不反抗。一股暖流从她的肩膀喷流而下涌向我。现在我将她拉近，我都能嗅到她肌肤上温热的气息和她头发上湿润的香气。我没有动弹，她也一言不发。这一切都很怪异，我开始感到好奇，但渐渐地我失去了耐心。我用嘴唇去抚摩她的头发——她没有反抗，然后我吻住了她的唇。她的嘴唇干燥而火热，当我吻着她的唇时，它们一下子张开，从我的唇中畅饮着，但并不热烈或者饥渴，而是像婴儿那样平静、慵懒但又贪婪地吮吸着。在我看来她是一个饱受干渴折磨的人，而她那苗条的、透过轻薄的衣物温暖地起伏着的躯体像她的双唇一样把我完全吸附住，如同那时屋外的黑夜，并无多少力量，却充满了宁静而迷醉的贪欲。当我那样搂着她时——我的多重感官还在交相辉映——我感觉身边是湿润的大地，那滚烫、无力、烧灼的大地，在白天躺卧着渴望阵雨带来的轻松。我不停地吻着她，仿佛在她身上正享受着宏大、潮热、渴慕的自然，从她面颊上散发出的热气好似田野上蒸腾的雾气，颤抖的大地也好像从她柔软、温润的胸脯里呼吸。

我游走的嘴唇想要移到她的眼皮上，到她那闪着令我战栗的黑色火焰的双眼那儿，我抬起头注视着她的脸，以便更尽情地享受，可我却惊讶地发现，她的双眼紧闭。她仿佛戴着一张希腊式的石头假面，眼眶中没有眼珠，昏迷不醒地躺着，就像奥菲利亚，但是是已经死去的，漂在水面，冷漠的面容从昏暗的潮水中白惨惨地浮起。我吓了一跳。我第一次从整个离奇的事件中得知了事情的真相。令人毛骨悚然的是，我知道了，我怀里正搂着一个失去意识的人，一个醉醺醺的人，一个病人，一个失去理智的梦游女，她只是被夜晚的闷热驱赶到我这里，就像一轮血色的、危险的月亮，一个不知道自己正在做什么的生物，而它可能并不想要我。我吓坏了，她在我的臂弯里变得沉重起来。我想把这个神志不清的女人轻轻地抱到沙发或者床上，以防我在意乱情迷中偷香窃玉，做出她本人并不想而只是能掌控她内心的恶魔所愿的事情。可是一当她感觉到我正在放手，她就开始低声呻吟道："别放开我！别放开我！"她乞求着，嘴唇吮吸得更加热烈，身躯朝我贴近。她双目紧闭的面孔痛苦地扭曲着，我不寒而栗地感觉到，她想要醒来，但是却做不到，她陶醉的感官从神经错乱的牢狱中嘶吼着，渴望着能恢复意识。正因为有某种东西在沉重的睡眠面具下挣扎着，企图挣脱它的魔法，使我觉得叫醒她是极为危险的诱惑。我的神经焦躁地燃烧着，我渴望看到她是一个清醒的、说着话的、真实的存在，而不是一个梦游女。我要不惜一切代价将她从昏昏沉沉地享受着的躯壳中逼出来。我一把将她拉过来，摇晃着她，用牙咬住她的嘴唇，手指掐着她的胳膊，想办法使她最终睁开双眼，思维清晰地行事，而不是像现在这样仅仅让身体里的欲望机械地去享受。可是她只弯起身子，痛苦地抱紧我，呻吟着。"还要！还要！"她怀着一种混乱的激情热烈地结巴着，这使我兴奋起来，变得同样失去理智。我感觉到她已经快要醒来，紧闭的眼皮下似乎快要爆发，因为她已经开始不安地颤抖。我将她抱得更紧，更深地将自己埋入她的身体，顿时我感觉到，一颗泪珠从她脸上滚落，我尝到了它的咸味。我愈贴紧她，她的胸脯起伏得愈剧烈，她呻吟着，四肢抽搐，好像要挣脱一个庞然大物，一个用睡眠包裹着她的紧箍，突然——像一道闪电划过下着雷雨的地方——她的身体似乎断成两截。刹那间她又在我怀里沉下来，嘴唇离开了我，双手垂下。当我把她放回床上，她就像一个死人那样躺着。我心里一惊，不由自主地摸了摸她的手臂和面颊。她周身冰凉，冻僵了，石化了。只是在额角上方血管在突突地跳动。她躺着，像一块大理石，一具雕像，脸颊被泪水打湿，紧绷的鼻翼附近跳动着轻微的呼吸。偶尔她身上掠过一阵微小的抽搐，那是一度翻滚的血液留下的余波，胸脯则起伏得愈加柔和。她越来越像一幅画，轮廓变得更加明亮和放松，也越来越富有人情味，像个孩子一般。痉挛消失了，她渐渐入眠，她睡着了。

我坐在床沿，颤抖着朝她弯下腰去。她像个安详的孩子那样睡着，双目紧闭，嘴角露出一丝微笑，做着美梦。我把头垂得很低，清楚地看到她脸上的每一根线条，感受到她的气息扑面而来。我越近距离地看着她，她离我就越遥远，看起来也越神秘。这个僵硬地躺在这的女人，她被夜晚的热浪驱赶到我——一个陌生人身边，现在又像死去一般被冲到了沙滩上，而她如今和她的感官又去往了何处？这个躺在我手边的女人究竟是谁？她从哪儿来？她的同伴又是谁？对她我一无所知，我也一直觉得，我和她也没有任何关系。我看着她。钟在墙上急匆匆地走着，孤零零的几分钟过去了。我试图从她无声的面庞上读出点什么，可我依然对她毫不了解。我有心将她从这奇怪的睡眠中唤醒，她此刻正在我近旁，在我房间里，紧挨着我的生命熟睡着，但同时我又害怕她苏醒，害怕她醒来后的第一个眼神。于是我静静地坐着，一个小时，两个小时过去了，就这样低着头看着这个熟睡的陌生生命。渐渐地，我觉得它不再是一个冒险接近我的女人了，也不是一个人，而是黑夜本身，这是那热望的、饱受折磨的大地为我开启的一个奥秘。在我手中躺着的仿佛是整个火热的自然，她所有感官的热量都已消散，而大地似乎在痛苦的抵抗中把她作为信使，在这个奇妙的夜晚里打发到这个世界上。

有东西在我身后叮当作响。我像个罪犯似的吓了一跳。窗户再一次发出响动，好像有一个巨大的拳头在捶打它。我跳起来。窗户前是一个陌生的存在：一个变化了的夜晚，全新的，危险的，忽明忽暗，充满野性的活力。一声呼啸传来，一阵吓人的怒号，天空中形成了一座黑色的塔，夜空中一股冰冷、潮湿的气息野蛮地朝我扑来：是风。

他从黑暗中一跃而出，强壮而有力，用手使劲拉扯窗户，敲击房屋。天空中张开了一处巨大幽暗的深渊，浓云迅速飘来组成了数面黑色的墙，天地之间响起粗野的怒吼。顽固的闷热被狂野的急流卷走，这股急流上涨，蔓延，涌动，使得闷热从天空的这一头急急忙忙逃往另一头，而深深扎根在泥土里的树木则在狂风那看不见但却呼呼作响的皮鞭的抽打下不住地呻吟。霎时间，一条白色的缝隙裂出：一道闪电，将天空剖开，直达地面，紧接着雷声炸响，好像整个云层轰然倒塌。我身后有了动静。她突然惊起，闪电将睡眠从她眼皮上驱走了。她困惑地看着四周。“这是怎么回事?”她说道，“我在哪儿?”这声音和先前的完全两样。恐惧还在其中颤抖，但音调已经变得清晰，就像刚发酵的空气那样浓烈和纯净。又一道闪电映出了外面的环境：我急匆匆地瞥见冷杉树那被照亮的轮廓，被暴风晃动着；云像狂怒的野兽在空中奔跑，房间被照成白垩色，而她的脸是其中最为苍白的。她从床上跳起。她的动作一下子变得毫不拘束，这一点我在她身上从未看到过。她在黑暗中紧盯着我。我感觉到她的目光比黑夜还黑。“您是谁……我在哪儿?”她结结巴巴地说着，惊恐地合上胸前被扯开的衣服。我走过去安慰她，但她却避开了。“您想干什么?”见我向她靠近，她竭尽全力大喊起来。我想同她交谈，以使她镇定，但我这时才发现我并不知道她的名字。又一道闪电照亮了房间。墙面像涂上了一层磷光那样白得耀眼，她也浑身雪白地站在我的面前，双臂恐惧地举着，已经清醒的眼神中只有无边的憎恨。随着雷电一声声炸响，黑暗也一次次朝我们扑来。我徒劳地想要抱住她，安慰她，向她解释，但她挣脱了，在一道闪电中找到房门，一把推开，冲了出去。门咚的一声关上，雷声也随之沉闷地轰响着，仿佛整个天空都坍塌在了大地上。

外面沙沙作响，溪流如瀑布般飞流直下，狂风把它们当作湿漉漉的绳子那样噼噼啪啪地甩来甩去。有时他从窗口泼入一小捧冰冷的水和甜蜜芬芳的空气，而我正站在那望着，头发湿透，浑身冷得发抖。但我的心中因为感受到这样纯净的自然力而充满狂喜，我体内的闷热似乎也溶解在了这闪电中，我想兴奋地大声喊叫。在这心醉神迷中我忘记了一切。我又可以呼吸，又能重新变得精神焕发；像泥土那样，像大地那样，我将清凉吸入体内。树木在雨水的抽打下唰唰地摆动着，我也和它们一同感觉到了那剧烈而狂喜的震颤。天与地之间情欲的搏斗异常美丽，这是他们盛大的新婚之夜，而我感同身受地享受到了这股喜悦。天空伴着闪电向下抓取，随着雷鸣扑在颤抖的大地上，在这个充满呻吟声的黑暗中，天和地疯狂地缠绵，一同陷落，正如他们世世代代所做的那样。树木因情欲的焦灼而不住地呻吟，远方的天空和逐渐变得火红的闪电交织在一起，人们能看到天空那炽热的血管张开，血液喷洒而出，同路面流淌的涓涓细流汇合到一处。所有的一切都解体、坍塌，不论是夜晚还是世界。一股美妙的全新气息凉飕飕地钻入我的肺部，中间混合着田野的香气与天空的热气。三周以来一直被遏制住的炽热在这场战斗中得到了释放，我心里也感觉一阵轻松。我觉得雨水唰唰地钻进了毛孔，狂风呼呼地涤荡了胸怀，我感觉自己和自身的体验都不再孤单，也不再拥有人类的情感，我自己就是饱含着自然的世界、风暴、阵雨、生命和黑夜。不久，一切都寂静下来，闪电只是泛着蓝光，毫无威胁地拂过地平线；雷电也仅如父亲一般，催促地隆隆响；沙沙的雨声在疲惫的风中有了节奏，而我也变得温和，感到了疲倦。我那摇摆的神经如奏乐般响着，四肢开始慢慢放松。啊，现在和自然一同睡去，然后一同醒来吧！我脱下衣服，一头倒在床上。床单上还有柔和而陌生的印记。我模糊地感受着她，打算再想想这次奇异的冒险，但我再也想不明白了。窗外的雨淅淅沥沥地下着，冲走了我的思绪。我感觉这都是梦境。我还在不停地试图回想发生在自己身上的一些事，可是雨仍在一直下，夜温柔地发出响动，就像一座舒适的摇篮。我投入她的怀抱，在她的沉睡中朦胧地睡去了。

第二天早上，我走到窗边，看到了一个全新的世界。大地的轮廓清晰分明，快活地卧在明媚的阳光中，而距离她很远的上方是碧蓝的苍穹高高地隆起，像一面安详地闪着光的镜子。天与地的界线分明，此时的天空已远远地置身高处，而昨天他还俯下身来钻入田野，使土地受孕。如今他走远了，同她再没有关系，也没有一处地方触碰着她，那芬芳的、呼吸着的、得到了满足的大地，他的妻子。一处蔚蓝的深谷在天地之间沉静地闪烁，天空和大地，他们无欲无求地彼此冷漠地对望着。

我下了楼，走进休息室。人们已经聚在了一起。他们的举止也和几周前极其闷热的时候不同了。一切都生机勃勃。他们的笑声响亮，声音悦耳，那妨碍他们的沉闷都消散了，捆绑他们的闷热的镣铐也消失了。我坐在他们中间，完全没有了敌意，某种好奇心开始寻找另一个人，而她的形象在我睡觉时几乎被遗忘了。不错，我寻找的那个人坐在我邻桌的父母中间。她很快活，双肩变得轻松，我听到她在笑，十分爽朗，无忧无虑。我好奇地用目光打量着她。她没有注意到我。她正在讲述一些令她开心的事，说话的时候还不断发出清脆的孩子般的笑声。终于她无意中朝我看来，笑容在这匆匆一瞥中不自觉地凝固了。她锐利地盯着我。她似乎有些诧异，眉毛高高挑起，用眼睛紧张而严肃地向我询问。她的表情慢慢变得有些紧张，甚至有些痛苦，好像她一定要想起什么似的，但她却做不到。我期待地和她目光交汇着，哪怕她会给我一个恼怒或是羞耻的信号，可是她又朝别处看去了。一分钟后她为了再次确定，又看了过来。这目光再一次打量着我的脸。只有一秒钟，却是漫长而紧张的一秒，我感觉到这目光像坚硬锐利的金属探针一样向我刺来，然后她的眼睛放过了我。从她眼神中自然明亮的光芒和头颈轻微的甚至是高兴的转动中我感觉到，她醒来后再也记不得我了，我们俩的关系随着那充满魔力的黑暗一并消逝了。我们彼此如同天与地那样，再一次变得陌生而遥远。她了无牵挂地摇动着纤柔的、少女的双肩，同父母说着话，微笑的时候牙齿从秀气的薄嘴唇中闪着光，而几个小时前我还曾从那两片唇中啜饮着整个世界的饥渴与燥热。

诸多规矩的餐厅

[日] 宫泽贤治

黄悦生 译

两位年轻的绅士，全身上下一副英国士兵的装束，然后扛着锃亮的猎枪，带上两条长得像大白熊似的猎犬，来到深山老林里。他们踩着沙沙作响的满地落叶，边走边聊。

“真是岂有此理，这整片山林竟连一只鸟、一只野兽都找不到。真想砰砰放两枪过过瘾，管他打中什么。”

“最好是对准野鹿的黄肚皮来几枪，那才叫爽呢！它中枪后会团团转几圈，然后就扑通一声倒下去。”

这里是深山老林，所以就连在前面带路的老猎人也有点迷失方向，和他们走散了。

这山实在太可怕，吓得那两条大白熊似的猎犬头昏眼花，狂吠了一阵，便口吐白沫死掉了。

一个绅士翻了翻猎犬的眼皮，说：“我白白损失了两千四百元呀。”

他的同伴也十分懊恼，歪着头说：“我损失了两千八呢。”

先开口的那位绅士脸色阴沉起来，盯着同伴说：“我想回去了。”

“走吧，又冷又饿的，我也想回去。”

“那现在就收工吧。一会儿回去，到昨天那店，花个十块钱买只野鸡吃得了。”

“那儿还卖野兔呢。反正买的跟自己打的也差不多嘛，走吧。”

可是，他们根本认不得回家的路要往哪边走，这下可糟了。

风呼呼吹着，草唰唰摇动，树叶簌簌作响，大树呜呜低吟。

“太饿啦，刚才我就已经饿得肚子疼，受不了啦。”

“我也是，动都不想动了。”

“我也走不动啦。唉，怎么办呀，要是有吃的就好了。”

“真想吃点东西。”

两人在沙沙作响的芒草丛中你一句我一句地说着。

这时，两人无意间回头一看，发现后面有一栋豪华的西式建筑。

门上的招牌写着：

RESTAURANT
西餐厅
WILDCAT HOUSE
山猫轩

“你看，太好了！这里居然还开着餐厅呀。走，进去看看！”

“咦，真奇怪，这种地方怎么会有餐厅？不过也管不了这么多了，有吃的就好。”

“当然有吃的呀，你没看那招牌上写着什么吗？”

“走，进去瞧瞧，我都快饿死了。”

两人来到门口，大门是用白色瓷砖砌成的，非常气派。

入口处有一扇玻璃门，上面用烫金字写着：“各位请进，不必客气。”

两人看了十分高兴。

“你瞧，世界上还有这种好事呀。今儿个倒霉了一整天，现在总算时来运转啦，还能在这餐厅里白吃一顿呢。”

“好像确实像那么回事儿，上面写着‘不必客气’，意思就是免费吧。”

两人推开门进去，眼前有一条走廊，玻璃门背面写着一行烫金字：

“特别欢迎肥胖人士和年轻人士。”

两人看了非常高兴。

“你瞧，咱俩属于特别受欢迎之列呢。”

“这两个条件，咱都符合呀。”

两人快步穿过走廊，来到一扇涂着浅蓝色油漆的门前。

“这家餐厅可真古怪，怎么会有这么多门呢?”

“这是俄罗斯风格的建筑，在寒冷地区和山里头都这样。”

两人正要推门进去时，发现上面写着一行黄色的字：

“本餐厅有诸多规矩，请各位多多包涵。”

“看样子这店生意挺旺的呀，虽然在这山旮旯里头。”

“可不是嘛，你想想看，东京的高级餐厅也没有几家是在大街上的呀。”

两人边说边推开了门，门背面写着：“本餐厅有诸多规矩，烦请一一忍耐。”

“这到底是怎么回事?”其中一人皱起了眉头。

“嗯，肯定是说点菜的人太多了，店里忙不过来，请顾客见谅的意思呗。”

“是吧，真想快点进房间里去。”

“然后快点坐到餐桌旁边。”

然而，前面又出现了一扇门，简直是没完没了。门边有一面镜子，镜子下方摆着一把长柄刷子。

门上写着红色的字：“各位顾客，请在此梳理好头发，刷干净鞋子上的泥巴。”

“这倒是合情合理。刚才在大门口的时候，我还以为它是个山旮旯里的小餐厅，没什么了不起的。”

“这餐厅挺讲究礼节的呀，看来一定有大人物常来光顾。”

于是两人就在那儿梳理好头发，刷掉鞋子上的泥巴。

然后呢?——他们刚把刷子放回原处，那刷子却忽然变得模糊，随即消失了。一阵大风呼地刮了进来。

两人吃了一惊，互相紧挨着，推开门走进下一个房间。他们只想赶紧吃点热的东西，恢复体力，否则后果不堪设想。

那门背面，又写着奇怪的一行字：“请把枪和子弹放在这里。”

一看，旁边有个黑色的柜台。

“确实，拿着枪吃饭是不太像话。”

“我看是因为有大人物经常来吧。”

两人就放下猎枪，解开皮带，把它搁在台上。

前面又出现了一扇黑色的门，上面写着：“请脱下帽子、外套和鞋子。”

“怎么办，脱吗？”

“没办法呀，脱呗，看来真的有贵宾在里面啊。”

两人就把帽子和外套挂在钉子上，然后脱掉鞋，吧嗒吧嗒地向里边走去。

门背面又写着：“请将领带夹、袖扣、眼镜、钱包以及其他金属类物品，特别是尖锐的物品放在这里。”门边有一个黑色的高级保险柜，柜门打开着，还配有钥匙。

“嘿嘿，看来有些菜肴要用到电呀。金属物品比较危险，特别是那些尖东西。——是这意思吧。”

“是吧。那吃完是要回来这里结账咯。”

“好像是。”

“一定是的。”

两人取下眼镜，摘下袖扣，把它们放进保险柜里，然后咔嚓一声上了锁。

没走几步，又有一扇门。门前放着一个玻璃罐子。门上写着：“请将罐子里的奶油全部涂到您的脸部和手脚上面。”

看看罐子里，确实是牛奶制成的奶油。

“让咱涂奶油是咋回事呀？”

“我看呀，这是因为外面寒冷而室内温暖，这样皮肤容易皲裂，涂些奶油可以预防。看来餐厅里确实来了大人物，说不定咱还能在这儿结识个达官贵人呢。”

两人把罐子里的奶油涂到脸上手上去，接着又脱下袜子，往脚上涂。看看罐子里还剩了一些，他们就假装往脸上涂，一边偷偷地吃掉了。

然后，他们急匆匆地推门进去，只见门背后写着：“奶油涂好了吗？耳朵上也涂了吗？”旁边又放了一小罐奶油。

“对哦，我忘了涂耳朵，差点儿让耳朵皮肤皲裂了。这店主人也想得太周到啦。”

“嗯，简直是无微不至嘛。不过，我还是想赶紧吃点东西啊，这走廊也没个完，真受不了。”

这时，眼前又出现了一扇门，上面写着：“美餐马上就做好，不出十五分钟，即可享用。请将瓶子里的香水喷洒到您头上去。”

门前摆放着一只亮晶晶的香水瓶。两人就往头上滋滋滋地喷洒香水。

可是这香水闻起来却像是醋的气味。

“这香水怎么有一股醋的怪味儿？咋回事呀？”

“肯定装错了，估计是因为服务员感冒鼻塞什么的，就装成醋了。”

两人又推门进去。

门背面用大字写着：“本餐厅有诸多规矩，一定使您感到厌烦了吧，实在很抱歉。就剩最后一条了——请将罐子里的盐涂抹到全身去。”

果然，旁边有一个精致的青瓷盐罐子。这次两人都吓了一跳，互相看着对方涂满奶油的脸。

“好像有点不对劲呀。”

“我也觉得不太对劲。”

“没给咱吃的，反而还给咱设了这么多规矩。”

“所以，我觉得，所谓的西餐厅，并不是请客人吃西餐，而是要把客人做成西餐吃掉呀！也就是说，咱……咱……”说着，直打哆嗦，话也说不出来了。

“啊，你说咱……咱……啊——”他的同伴也开始浑身发抖，说不出话来。

“快逃……”其中一人哆嗦着，转身去推身后的门。可是，那门却纹丝不动。

里面还有最后一扇门。门上有两个很大的钥匙孔，被镂空成一对银色刀叉的形状。门上写着：“谢谢您特地光临，辛苦了！美餐已经做好，请进来吧！”

透过钥匙孔，有两只碧绿的眼珠子正滴溜溜地向这边张望。

“啊——”他浑身发抖。

“啊——”他也浑身发抖。

两人开始哭了起来。

门里头传来嘀嘀咕咕的说话声。

“坏了，他们已经觉察到啦，好像都不肯往身上抹盐呢。”

“都怪咱老大写得不好，说什么‘本餐厅有诸多规矩，一定使您感到厌烦了吧，实在很抱歉。’这种傻话，当然一下就露馅了呀。”

“管他呢，反正他连根骨头也不会分给咱的。”

“说的也是，不过要是这俩家伙不肯进来，那可就是咱的责任啦。”

“喊他们进来吧。喂，两位客人，进来呀，进来呀，快进来坐呀！碟子都洗好了，菜也放好盐了，就差把你俩和青菜叶搭配得漂漂亮亮，然后就可以盛到雪白的碟子上啦。快请进吧！”

“喂，快进来呀！快进来呀！难道你们不太喜欢凉拌沙拉？要不咱改成油炸吧，现在就开始烧火。反正你们先进来呗！”

外面那两人被吓得肝胆欲裂，脸都变了形，跟皱巴巴的废纸似的。两人面面相觑，浑身发抖，泣不成声。

里头那帮家伙还在嘿嘿冷笑，一边大喊：“快进来呀！快进来呀！哭成那样，刚才好不容易涂好的奶油都被冲掉啦！我马上就给您上菜。快进来吧！”

“快进来呀！咱老大已经围好餐巾，拿起刀叉，开始流口水了，就等两位客人啦！”

两人哭啊哭啊，一直哭个不停。

这时，身后忽然传来“汪汪”的狗叫声——两条像大白熊一样的猎犬撞开门，冲了进来。那钥匙孔后面的眼珠立刻消失了。猎犬呜呜地哼着，在房里团团转了几圈，突然“汪！”地大吼一声，向里面那扇门扑过去。门“咣”的一下被撞开了，猎犬立刻冲了进去。

顿时，那黑暗的屋里传来“喵呜——”一阵乱叫，还夹杂着轰隆隆、沙沙沙的响声，乱作一片。

突然，房屋像烟雾一样消失了。两人正站在草丛中，冷得直打哆嗦。

定睛一看，自己的外套、鞋子、钱包和领带夹被扔得到处都是，有的悬挂在树枝上，有的七零八落地丢在树底下。

风呼呼吹着，草唰唰摇动，树叶簌簌作响，大树呜呜低吟。

猎犬吼叫着跑回来了。

这时，只听见后面有人在喊："两位先生！两位先生！"

两人马上来了精神，大喊："喂——！喂——！我们在这儿呢，快过来呀！"

头戴斗笠的老猎人"唰唰唰"地拨开草丛走过来。

两人这才放了心。

吃过那猎人带来的饭团，他们就回东京去了，路上花十元钱买了只野鸡。

可是，即使回到东京泡了个热水澡，他们的脸却已经变得像废纸一样皱巴巴的，再也恢复不到原样了。

化身博士

[英] 史蒂文森

董 熠 译

第一章　一扇神秘的门

律师厄特森先生是个不苟言笑的人。他见到陌生人就会脸红，也从不轻易表露自己内心的情感；但是对于朋友，他是善良而真诚的，这看他的眼神就能知道。其实他的这种善良和真诚，流露在待人处事的点滴间，他只是不会用言语表达而已。他从不放逸自己的生活，吃喝都很简单；尽管他很喜欢戏剧，这二十年来也未曾踏足过剧院，但他对别人却都很宽容，他宽容地看待其他所有人的缺点，总是想着怎样帮助他人而不是去责备他人。作为一名律师，他经常会是罪犯们在踏进监狱或者上法场前遇到的最后一个好人，他那举止有礼、公平公正的形象也会永远留存在这些人的记忆里。

厄特森先生最好的朋友是他的一位远房表亲理查德·恩菲尔德，那人是个只知道整日里花天酒地的纨绔子弟。没人能理解他们两个怎么就成了朋友，两个有着天壤之别的人。他们经常会凑到一起，散着步走好远的路，穿过伦敦的大小街道，安安静静地做着伴。

有一次他们走到了伦敦闹市区的一条窄巷子里，街道很干净很热闹，人们也很友善；街道上有许多亮堂堂的小商店，小店的门环擦得锃亮。可是就在街道的尽头，耸立着一幢阴暗的、神秘的、没有窗户的房子，也没有门铃和门环，房子积满了灰尘，像是根本没人照料过一样。一群脏兮兮的小孩无所畏惧地在门前的台阶上玩耍着，也没有人开门赶他们走。

有一天他俩路过那幢房子，恩菲尔德指了指，问道：

“你注意到那个房子了么？它让我想起一件奇怪的事来。”

“真的？”厄特森十分好奇，“给我讲讲吧。”

“好吧，”恩菲尔德开始讲道，“有一年冬天的早上，大约凌晨三点的时候，天还很黑，我正往家里走，突然看到有两个人，其中一个是位身材矮小的男人，他正在街上走着；还有一个小姑娘，跑得很急。很不巧，他俩突然撞在了一起，小女孩被撞倒在地，然后发生了一件可怕的事情。那个男人穿着他那看起来很重的靴子，视若无睹地从小女孩身上踏了过去，留下那孩子在身后惨呼连连，真是太没人性了。我追上那男人，把他拽了回来。这个时候小女孩的哭叫声也吸引了一小圈围观的路人。那男人真的很冷酷，不过他阴仄仄地看了我一眼，那眼神让我感到胃里一阵抽搐。不一会儿那孩子的家人也来了，还带来了一个医生。原来这小姑娘刚刚是去替邻居叫医生，然后正要回家。

“‘孩子伤得不重，主要是吓着了。’医生说——你或许会以为，故事到这里就结束了。但你也知道，我对那矮个子男人非常憎恶，小女孩的家人也是，当然，这很正常。但是连那个医生，看起来很温和仁慈的一个人，盯着那男人的眼神都好像恨不得要杀了他。

“我和那医生心照不宣，一致大声指责那男人，告诉他我们会把这件事告诉全伦敦的人，这样他就可以家喻户晓了。

“那男人回头看着我们，眼神傲慢而阴骛，‘开个价吧。’他说。

“我们说让他给那孩子的家人赔一百镑，他又用那种眼神看了我们一眼，然后带着我们走向那幢房子门前。他掏出钥匙开门走了进去，等出来的时候，带着十镑金币，还有一张九十镑的库茨银行支票。那支票上的名字是我们大家都熟知的。

“‘听我说，’那医生一脸怀疑地说道，‘一个人早上四点进了一间空房子，出来的时候却拿着一张近一百镑的支票，上面写着另一个人的名字，这可真够奇怪的。’

“‘别担心，’那男人挤出一个难看的表情，‘我会陪你们一起等着

银行开门，我亲自来兑换支票。'

于是我们一起离去，我、医生，还有那个坏蛋。我们就在那房子里一直等着，直到银行开门。果然，那支票没有问题，钱也顺利地到了小姑娘家人的手上。"

"不错，不错。"厄特森说。

"是的，"恩菲尔德说，"这事儿很奇怪。那坏蛋显然是个冷酷残忍的家伙，可是签支票的人却是因仁慈慷慨而享誉全伦敦。为什么这样的一个人会把支票留给一个罪犯呢？"

"你们也不知道那签支票的人是不是住在那幢房子里？"厄特森问道。

"我不喜欢问问题。"恩菲尔德说，"就我的经验来看，问太多问题没什么好处，万一答案是丑陋肮脏的呢？不过我还是略微研究了一下那个地方。那看起来根本就不像个房子，那里没有其他的门，除了我刚给你讲过的那个矮个子男人开的那扇门外。房子一侧开了三扇窗，可以看到下面的小院子。窗户都紧闭着，但非常干净；还有一个烟囱，经常冒着烟，所以那里一定有人住。"

两个人继续散着步。厄特森忽然说：

"恩菲尔德，"他说，"你是对的，不要问太多问题。但是，我还是想问问那个踩了孩子的人叫什么名字。"

"好吧，"恩菲尔德回答，"他说他的名字叫海德。"

"他长得什么样子？"

"不太好描述，尽管我对他印象很深。他是个长得很奇怪的人。身材矮小，但身体强壮敦实。可是他的相貌有哪里不对劲儿，有种丑陋的、令人不快的—— 不，令人憎恨的感觉。我第一眼就很讨厌他。"

厄特森想了好一阵子，问道："你确定他是用钥匙开了门？"

"你的意思是？"恩菲尔德有些惊疑地问道。

"我知道这听起来很奇怪，"厄特森说，"但是你要知道，如果我并没有问你支票上是谁的名字，那便是因为我早就知道了……"

"好吧，那你怎么不早说？"恩菲尔德有些生气，"不管怎么说，他都有钥匙，现在也有。我一周前还看到他用了。"

厄特森若有所思地看着他，不过没再说什么。

第二章　寻找海德

晚饭后，厄特森走进他的办公室，打开橱柜拿出一个信封来，里面装的是亨利·哲基尔博士的遗嘱，由他本人亲笔书写。

“如果我死了，或者失踪超过三个月，”遗嘱中写道，“我希望将我所有的一切都留给我亲爱的朋友爱德华·海德。”

这份遗嘱让厄特森坐立不安。对一个律师来说，这种类型的遗嘱很少见，而且很危险。本来还不知道爱德华·海德是谁，这就已经够糟的了，而现在律师知道了关于海德的事情，这份遗嘱却让他感觉到前所未有的焦虑。它以前看起来只是个疯狂的举动，而现在看起来却像是罪恶。厄特森心情沉重地将遗嘱放了回去，然后穿上外套去找他的老朋友兰宁医生。

兰宁医生正在享受他的饭后咖啡。“快请进，老朋友！”他叫道。两人从学生时代就相熟。他们一起坐了半刻，喝着咖啡聊了会天，最后，厄特森谈起了一直困扰他的那件事。

“兰宁，我想，”他说，“我和你都是亨利·哲基尔的老朋友了，对吧？”

“我想是的，”兰宁医生说，“但我现在不常见他了。”

“真的？”厄特森诧异地问道，“我以为你和他兴趣相投得很。”

“过去是的，”兰宁说，“但从十年前开始，亨利·哲基尔开始变得过于……好吧，我觉得是过于富有想象力了。他有一些奇怪的、疯狂的、不科学的想法。他渐渐沉迷于那些，从那以后我就不常见到他了。”

厄特森看到他朋友的脸因生气而涨得通红。“只是学术问题的分歧，”他想，“但没有比这更糟的了。”于是他很淡定地接着问道，“那你有见哲基尔的一个名叫海德的朋友么？”

“海德？”兰宁重复着这个名字，“不，从来没有。”

不一会儿，厄特森就告别了兰宁回家睡觉去了，他躺在床上一直睡不着，满脑子都是恩菲尔德那些对海德的描述，还有哲基尔医生的遗嘱。等他好不容易睡着的时候，又开始做梦。在梦里，他看到一个无脸人踏过孩子的躯体。接着他又看到了他的老朋友哲基尔在床上躺着，同样的一个无脸人正站在床前。那个无脸的形象让他非常不安。

“很好，海德，”律师对自己说，“我一定会找到你，亲自看看你的脸。”

接下来的几个星期里，厄特森内经常去恩菲尔德遇见海德的那条窄巷子里溜达，在那幢神秘的房子附近耐心等待着，希望能发现海德的踪迹。在一个清冷的冬夜，他成功了。街道上空荡荡的，寂静无声，一点点小的响动都会传出去好远，然后厄特森听到了脚步声。他站到阴影处等待着。一个矮小的身影转过街角向那幢神秘的房子走去。尽管厄特森没有看清他的脸，但他还是感到了股强烈的、几乎是排山倒海般的对这个陌生人的厌恶感。

厄特森走了出去，拍了拍那人的肩，“海德先生吗?”

“正是，”陌生人冷冷地说，“有何贵干?”

“我看到您正要进去。我是哲基尔医生的老朋友，我的名字叫厄特森，您应该听说过吧——我能进去吗?”

“哲基尔博士不在家，”海德回答，“你是怎么知道我的?”他厉声问道。

“那么首先，请让我看看您的脸。”律师说。

海德犹豫了半晌，然后他走到了路灯底下，律师终于看清了他的脸。“谢谢您，”厄特森说，“十分有幸结识您，这将来也许会很有用。”

“是的，”海德说，“这也许的确很有用。这个，这是我的地址。你也许有朝一日会需要它。”他给了律师他自己的住址，在伦敦的一个贫民区里。

“哦，天呐!”律师想，“海德知道有关哲基尔的遗嘱吗? 他打的就是这个主意吧?”不过他什么都没说。

“那么现在，”海德接着说，“你是怎么知道我的名字的?”

“听别人说起过。”

“听谁?”

“你我都认识的人。”

“谁?”海德厉声问道。

“譬如说，哲基尔博士。”律师回答。

“他从没告诉过你!”海德突然暴怒地吼道，“不要对我撒谎!”还没等律师来得及说什么，他就开了门闪身进了屋。

厄特森凝视着紧闭的大门，“我为什么会这么厌恶他?”他自言自语道，“恩菲尔德是对的，这个男人骨子里透着邪气。可怜的亨利·哲基尔，我真为他担忧。你的这位新朋友是个大麻烦。”

在窄巷子的转角处有一个广场，里面的建筑都是豪华壮观的老房子。哲基尔医生的家就在这里。厄特森敲响了其中一栋建筑的大门。仆人开了门，说医生现在不在家。

“我看到海德先生从屋子后面的实验室那扇门里进去了。”律师说。

“您说得没错，厄特森先生，”仆人回答，“海德先生自己有钥匙，可以随意进出。主人吩咐过我们要听从海德先生的意思。”

厄特森便这样带着更胜从前的不安回到了家中。

两星期后，哲基尔医生宴请了一些老朋友。厄特森也在其中。其他人都走光了，他还留了下来。

“我一直想和你谈谈，哲基尔，”律师说，“关于你的遗嘱。”

哲基尔博士是位身材高大挺拔、面容英俊文雅的中年美男子，大约五十岁。“我可怜的朋友，”他说，“你没必要担心的，我知道。就像我告诉可怜的兰宁我的新想法时那样，‘虚幻的垃圾’，他那样称呼它们……兰宁他令我非常失望。”

但律师现在不想谈兰宁医生的问题。“你知道我从未赞同过你的遗嘱。”他接着说。

“你说过很多次了。”他的朋友针锋相对。

“好吧，我了解到了一些关于你的朋友海德的事情。”律师说。

博士英俊的脸上血色尽失，一脸灰败。“我不想再听了，”他说，“你不明白的。我现在的处境有多艰难，多痛苦。”

“告诉我吧，所有的事情，”厄特森说，“我会尽全力帮你。”

“谢谢你，但这是我个人的事情。我只能告诉你一件事情——我可以随时摆脱海德，只要我愿意。但你必须明白，我对可怜的海德有很大的兴趣。我知道你见过他了——他告诉过我了。我担心他对你会有些不礼貌。但我真的非常关心他的事情。要是我有什么不测，我希望你能务必保证他继承我的遗产。”

“我无法装作喜欢他的样子。”律师说。

“我并不是叫你一定要喜欢他，”哲基尔说，“我只想请你帮助他，在我离开了以后。”

“我保证。”厄特森伤感地说。

第三章 卡鲁命案

一年后的一个寻常夜晚，在伦敦城，一位小女仆坐在床边的窗户前，注视着洒满月光的街道。她看到一位白发苍苍的老人走在街上，那人既高大又英俊。一个小个子的年轻人迎面走向他。老人彬彬有礼地与年轻人交谈起来，看起来好像是在问路，小女仆后来回忆道。然后她仔细看了看那个年轻人的脸，认出了他是谁。

“是海德先生。”她后来说，“她曾经来拜访过我的主人。”

海德先生，据小女孩说，拿着一根很重的手杖。在听那老人讲话的时候，他正不耐烦地玩弄着那根手杖。接着，他似乎突然愤怒地爆发了。

“他看起来像是疯了，”小女仆说，“他冲着那老人挥动手杖，老人吓得后退了几步。接着他抄起手杖狠狠地敲打老人，把他打倒在地。他就在那里一直不停地打那位无助的老人。我都能听见骨头碎裂的声音……那实在是太可怕了，我感到十分难受，然后就昏了过去，什么都不知道了。”

等她再次醒过来的时候已经是凌晨两点了，她赶紧报了警。那个杀人犯不见了，老人的尸体就横在地上，凶手用的凶器就扔在旁边。那手杖从中间断成了两截，只有一半留在尸体旁。警察认为另一半是被凶手带走了。死者的口袋里发现了一块金表和一个钱包，里面没有别的什么卡片或文件，除了一封给厄特森先生的信。

警察次日将信带给了厄特森，然后带着他一起去了警局，死者的尸体就在那里。

一位警长带他看了尸体。

“没错，我认识他，”厄特森语气沉重，“他是丹佛斯·卡鲁爵士。”

“谢谢您，先生，”警长说，“那您认识这个吗？”他给厄特森看了那半截手杖，并且告诉了他小女仆目睹的那场骇人听闻的事。

厄特森一眼认出了手杖。“那是亨利·哲基尔的手杖！”他自言自语道，“很久以前我给他的。”

“那个海德是个身材矮小、面相凶狠的男人吗？”他问。

“小女仆也是这样描述的，先生。”警长点点头。

“跟我来，”厄特森对警长说，“我想我知道他住在哪儿。”

厄特森带着警察去了海德给了他地址的那个地方。海德的家位于伦敦的贫民区，就在一条脏兮兮的，两侧全是廉价酒吧和小吃店的街上，这里就住着亨利·哲基尔最喜爱的朋友——那个将会继承哲基尔二十五万英镑遗产的人。

一位老女仆开了门。她顶着一头灰白的头发，光滑的脸上挂着虚假的笑容，眼中闪着恶毒的光芒。但不管怎么说，她表现得足够有礼貌。

“是的，”她说，“海德先生就住在这里。但他现在不在家。主人昨晚回来得很晚，一个小时前刚刚出去。”

“这样的事情不同寻常，是吗？”警长问道。

“完全没有，”仆人说，“他经常不在家，时常一出去就几个月才回来。”

“我们想看看他的公寓。”厄特森说。

“哦，我不能这么做，先生——”老女仆开口道。

“这位先生是警局的探长，”厄特森说。

“啊！”老女仆叫了一声，看起来有些异常的欣喜，“海德先生遇到什么麻烦了吗？他做了什么？”

厄特森和警长交换了一下眼神，“他看起来似乎不太受欢迎。”警长说完后，转向女仆，“请带我们进去吧。我们想四处转转。”

海德的房子里只有两间屋子，却布置得极尽奢华和舒适，墙上挂着精美的图画，地上铺着昂贵的地毯。然而，屋里却凌乱得离谱，壁炉里堆满未烧尽的纸张。侦探在屋里找到了一部分支票簿，还找到了凶手用的那半根手杖。

“太好了！”他说，“现在我们去银行，看能不能认出这个支票簿是谁的。”

不出所料。银行有一个账户上以爱德华·海德的名字存了几千英镑。

“我们已经找到他了，先生，”警长说，“杀人凶器，支票簿。现在只剩下在通缉令上描述他的特征了。”

但这可并不那么容易。他们并没有海德的照片，亲眼见过他的人描述出来的又都不一样。只有一点是一致的，那就是如同小女仆说的“他是个邪恶的人，先生”，“你一看他的脸就会知道了。”

第四章　哲基尔博士收到的一封信

当天下午，厄特森去了哲基尔博士的家。哲基尔的用人普尔立刻将他请了进去，领着他穿过厨房和后花园，去了位于屋后的实验室。这还是厄特森第一次来朋友的实验室，他很好奇地左顾右盼。

老仆引着厄特森穿过实验室上了楼，上面是博士的私人书房。书房是一间很大的屋子，里边摆放着高大的玻璃门橱柜，一面大镜子，还有一张商务用桌。壁橱里的炉火烧得正旺，哲基尔博士就坐在旁边，看起来有些病弱和苍白。他虚脱地跟他的朋友打了招呼。

“你听说那事情了吗？”厄特森等老仆走后问道。

“报童的叫卖声让整条街的人都知道了，”哲基尔博士说，“真可怕，那件事情。”

“我想问你一些问题，”律师说，“丹佛斯·卡鲁是我的委托人，但你也是我的委托人。我想知道我该如何做。你没有试图藏匿杀人犯，对吧？”

“厄特森，我向你保证，”博士大声说，“我保证你再也不会见到他了。我和他一刀两断了。而且现在，真的，他已经不再需要我的帮助了。你没有我了解他。他很安全，非常安全。相信我，没有人再会听到海德的名字。”

律师面沉如水地听着这些话，觉得他朋友脸上那极度兴奋的狂热神态有些刺眼。

“你似乎对他很放心，”他回了一句，“我希望你是对的。如果他被抓住的话，等上了法庭。你的名字也会被牵扯出来。”

“我对他绝对放心，”哲基尔回答，“我不能告诉你我是怎么知道的，但我非常确定。但有件事，我想听听你的建议。我收到一封信，但我不知道是否应该把它交给警察。我可以把信放在你那里吗，厄特森?”

“我觉得你在害怕，怕这封信会引着警察找到海德，是吗?”律师说。

“不，”博士回答，“我不关心海德会怎样，我担心的是我个人的名声……先不说这些，这就是那封信。”

信上的笔记很奇特，硬邦邦的线条，署着“爱德华·海德”的名字。“昔日承蒙您的关照，无以为报，”开头这样写道，“请不必为我担心。我现在很安全，我确定自己可以毫发无伤地逃脱，只要我愿意。”

“这信是寄过来的吗?”律师问。

“不是，”哲基尔博士回答，“信封上没有邮戳，是打发人直接送过来的。”

“我能留下这封信好好考虑一下吗?”厄特森问道。

“我希望你能替我决断，”他的委托人说，“我现在对任何事都没信心了。”

“好吧，”律师说，“现在来告诉我，你的遗嘱里有关消失三个月以上的事情。这是海德的主意吗?”

“是。”哲基尔博士轻声低语。

“他想要谋杀你，”律师说，“你能逃脱真是幸运。”

“我也得到教训了，”他的委托人痛苦地将脸埋入双手中，“天哪，多么大的教训!”

厄特森准备离开的时候，停下脚步跟普尔聊了几句。

“对了，”他问道，“今天有人给你主人送了信。谁送来的?那人长什么样?”

“除了邮差之外没有人来过了，先生。”老仆有些诧异地答道。

“这件事真让人忧心，”厄特森回家的路上一直在想，“这封信很明显是送到实验室门口的，也许就是在实验室的书房里写的呢。我得好好想想。”

回去的路上，报童还在那里叫喊着：“卖报卖报！可怕的谋杀案！”

律师有些伤感。他的两个委托人，一个被杀，另外一个的生命和名誉正在受到威胁。厄特森不是那种常向别人寻求建议的人。不过今天不同了。

当天晚上，他和一群朋友坐在一起闲聊，旁边的那位是他事务所的高级职员盖斯特先生。他们在一起共事多年，彼此非常了解。盖斯特曾处理过哲基尔博士的业务，对他非常熟悉。

外面夜雾浓重，屋子里却明亮而温暖，桌上还放着一瓶上等的威士忌。

“发生在丹佛斯·卡鲁爵士身上的事情真是令人感到悲伤。”厄特森说。

“确实，先生。那凶手肯定是个疯子。”

“我想听听你的看法，”律师回了一句，“我这里有一封那个凶手的亲笔信。”

盖斯特先生对研究笔迹很感兴趣。听了这话他的眼睛立刻一亮。“凶手写的信！”他惊呼，“太有趣了。”他仔细看了看信上的笔迹，“不像是个疯子写的，我想，”他说，“但这笔迹太少见了。”

就在这时，用人走进来，带来了一个便条。

“是哲基尔博士吗？”盖斯特问道，“我想我认得那个笔迹。是什么私事吗，厄特森？”

“只是一个午宴的邀请罢了。怎么了？你想看看吗？”

“请让我看一眼，先生，就一会儿。”盖斯特将两封信并排摆在一起，仔细地看了起来。“谢谢您，先生，”他说，“这非常有意思。”

厄特森迟疑了片刻，越想越担心，最后还是忍不住问道：“为什么你要比较这两封信呢？”

“先生，这两封信的笔迹在很多地方惊人地相似。”

“这太奇怪了！……盖斯特先生，请你务必不要将此事告诉任何人。”

“当然不会，先生，”他的职员保证道，“您可以相信我。”又过了没多久，他就告别了他的上司回家去了。

盖斯特走了以后，厄特森将这两封信锁进了柜子里。“很好！”他想，“所以凶手的这封信其实是亨利·哲基尔写的！”他一如既往地面无表情，内心却充满了对老朋友的担心。

第五章　朋友之死

时间一天天地过去了，对海德的追捕还在进行中。丹佛斯·卡鲁爵士是位很有名的重要人物，警察不遗余力地寻找罪犯想要将他绳之以法。尽管警方和新闻媒体都挖掘到了不少海德过去生活的历史，但海德本人仍是不见踪迹。似乎没有人能说出这名通缉犯的哪怕一点好处。他是个残忍又野蛮的人，他那邪恶的生活充斥着憎恨和妒忌。但这些并不能给警方提供任何帮助。海德就这样消失了。

随着时间的流逝，厄特森也冷静了下来，内心多少恢复了平静。他是真的为他死去的委托人丹佛斯·卡鲁爵士难过，但同时也的确为海德的消失感到庆幸。至于说哲基尔博士，他看起来也平静和快乐了许多。他又重新开始了社交活动，设宴邀请朋友或是去参加他人的宴会。一直以来，他都是一个和善慷慨的人。现在更是成了教堂的常客。他很忙，整日活在新鲜空气里，看起来开心快乐、无忧无虑。这样安详的日子已经过去了两个多月。

一月八号一天，厄特森应邀去了哲基尔博士家赴宴。兰宁医生也在。“就好像回到了从前。”看到哲基尔对着兰宁微笑时，厄特森想。

然而，到十二号的时候，哲基尔拒绝了一切访客，十四号那天又是如此。

“博士身体不大舒服，”普尔解释说，“他希望您能够原谅他，但他现在无法见任何人。”

厄特森第二天再度拜访，然后第三天，但结果都是一样。这两个月间，他几乎天天都能和老友碰面，所以现在他感到十分孤独。到了第六天晚上，他邀请了他的职员盖斯特先生一起吃晚饭，第七天晚上，他去拜访了兰宁医生。

兰宁医生倒没有不欢迎他，但厄特森看到兰宁的模样后大吃了一惊。他往日里看起来红润又健康，如今却是面色灰败形容消瘦，眼中流露着恐惧。他似乎一夜之间成了个衰老的病人。

“他看起来，”厄特森想，“像是知道自己将不久于人世一样。”

“你怎么了，兰宁？”他问道，“你看起来身体不大好啊。”

“我受了惊吓，厄特森，”兰宁医生说，“可能只能活几个星期了。”他顿了顿，又说，“好吧，人终有一死，迟早的事情，我这一生也算活得不错了。”

“哲基尔也生病了，”厄特森说，“你有再见过他吗？”

在听到哲基尔这个名字后，兰宁医生立刻变了脸色。“求你，”他颤抖地摇摇手，“不要在我面前提这个名字。”

“哦，天哪，”厄特森有些犹豫，但最后还是问道，“我们三个都快做了一辈子的朋友了，兰宁。我们都老了，也没有时间再交新朋友。你就不能遗忘那些不快的事情并且原谅他吗？也许我能帮上什么忙？”

“没有用的，”兰宁医生说，“你自己去问他吧。”

“他不让我进屋。”

“我一点也不吃惊会是如此。厄特森，等我死了，你终有一天会知道所有事情的。还有，如果你能坐下来和我聊点儿别的，我非常欢迎。只要不要再提那个人，想到他我就难受。”

厄特森一回到家便开始给哲基尔博士写信。信中他质问哲基尔为何拒绝见自己，还有他和兰宁又为何断交。哲基尔回给他的信又长又令人费解。

“我并没有生我们那位老朋友的气，”哲基尔在信中写道，“但我同意他说的，我们两个不应该再见面了。再者，也希望你能够体谅，今后我想要过与世隔绝的生活。如果哪一天你发现我的大门向你禁闭，那是因为，我必须独自踏上一条黑暗而危险的道路。我做了错事，并且正在受到惩罚，这没人能帮我。”

“这是怎么回事？”厄特森想，“海德消失了。哲基尔又恢复了正常生活——至少截至上周为止，情况是这样的。难道他疯了吗？”接着他记起了兰宁说过的话。“这里面一定还有什么秘密，”他对自己说，“有些不可告人的东西，但我完全没有头绪。”

一个星期以后，兰宁病重，已经到了无法下床的地步。之后又过了两周，兰宁离开了人世。厄特森参加完兰宁的葬礼后，回到了办公室。他打开柜子拿出一封信来，这信是在兰宁死后不久送来的。

信封上是兰宁医生的笔迹：“G·J·厄特森亲启。私人信件。”厄特森将信封拿在手上翻过来翻过去，里面会讲到什么可怕的事情？他颤抖着双手拆开了信封，里面还有一个信封。上面写着：“待亨利·哲基尔博士死亡或失踪后，方可拆阅。”

律师简直不敢相信自己的眼睛。“死亡或者失踪”——这话跟哲基尔的遗嘱上面的如出一辙。“我明白哲基尔为何会写下这样的话，”厄特森自言自语，“但为什么兰宁也会这样写呢？”有那么一刻他甚至想立刻打开信，当场揭开里面的秘密。但厄特森是个诚实的人，同时也是位可靠的律师，所以他并没有那么做。他必须得遵从委托人的意愿。厄特森将信封锁回柜子里，就放在哲基尔的那封遗嘱旁。

律师极度担心他的老友哲基尔博士，同时也有些害怕他。他又不时地去拜访，可是次次都吃闭门羹。

“他究竟怎么样了，普尔？”又一次去拜访的时候，厄特森问那位老仆。

“不是很好，先生。博士整天都待在实验室上面的书房里，晚上睡觉也在那儿。他一句话也不说，看起来心神不安的。肯定出了什么事，先生。可他谁也不告诉。”

之后很长一段时间里，律师几乎天天都来。但是渐渐地，他也对自己这位朋友的拒而不见感到心灰意冷，来访的次数也越来越少了。

第六章　窗户上的人脸

不久之后的一个星期天，厄特森正和恩菲尔德散着步，那天刚好又走到了那条窄巷子，在穿过街道的时候，恩菲尔德指了指那扇神秘的门。

“那件事看来已经了了，我们不会再见到海德先生了。”

“希望你是对的，”律师说，“我不记得跟你讲过没，我也见到了海德，并且和你一样对他有种特别的厌恶。那真是个邪恶的男人！”

“十分赞成，”他的朋友附和道，“对了，你为什么没告诉我咱们看到的这扇神秘门会通向哲基尔博士屋后的实验室？我以前并不知晓，可是现在知道了。”

“好吧，现在你知道了，我们去广场看看，那里可以看到楼上的窗户。我必须说，我很担心可怜的哲基尔。也许看到我们友好的面孔能让他感觉好受点。”

头顶上的夜空中明月高悬，院子里却显得阴暗冰冷。实验室楼上，书房的窗户开着，哲基尔博士就坐在窗边，像个囚犯一般凝望着外面的世界。

“我希望你感觉好一些了，哲基尔。”厄特森冲着他喊道。

博士难过地摇摇头：“很糟糕，厄特森。我想我的日子不长了——感谢上帝。”

“你把自己关在屋子里太久了！你必须得出来呼吸呼吸新鲜空气，就像我和恩菲尔德这样……哦，对了，这位是我的表兄，恩菲尔德先生……去戴上帽子，我们一起出去遛两圈。”

“你真是太好心了，”博士说，“但还是不行，这行不通。我本想请你们进来坐坐，但我这里挺乱的……”

“那么这样吧，”律师很善解人意地说，“我们就站这里跟你聊天吧。”

“这主意真不错——”博士刚笑着说了这么一句，便突然变了脸色，笑意瞬间被绝望、恐惧和惊吓所代替。厄特森两人站在楼下看着，都没有错过哲基尔脸上的神情，但下一秒窗户就砰的一声关上了。两人互相看了看，然后一起默不作声地离开了院子。他们穿过狭窄的街道，直到走上了喧嚣的闹市街时才开始说话。厄特森才转头看了看他的同伴，脸色苍白和自己如出一辙。哲基尔博士脸上的神情让他们深深地感到不安。

“上帝保佑他！”厄特森轻声说，“上帝保佑这个可怜的人！”

但恩菲尔德只是郑重地点了点头，然后继续一言不发地走着。

第七章　最后一夜

转眼到了三月份。哲基尔博士的仆人普尔来访的时候，厄特森刚吃完晚饭，正坐在炉火旁休息，看到来人很是吃了一惊。那位年迈的老仆人看起来面色苍白，神情惊恐。

“厄特森先生，”他说，“出事了。”

“先坐到火边来，慢慢说发生什么事了。”

“博士将自己锁在了书房里，先生。”

“这不是常有的事吗?”律师说，“你我都清楚你主人的习惯。他经常会把自己关起来，与世隔绝。”

“是，但是这次不一样。我很害怕，先生，我担惊受怕了一个多星期，实在是撑不下去了。”

他停下来，低头死死地盯着地板。

“试着告诉我到底发生了什么事，普尔。”厄特森轻轻地说。

“我的主人遭遇到了一些可怕的事情。我说不清楚，但是……先生，您能跟我走一趟亲自去看看吗？求您了。”

厄特森当即拿了帽子和外套就准备出门。

“谢谢您，先生。”普尔感激地低声说道。

他们一起去了哲基尔博士的家。那天夜里狂风大作。厄特森感觉整条街上出奇的空荡寂寥。当他们走到广场的时候，沙尘飞扬，细小的树木在风中猛烈地摇晃着，月亮黯淡的脸庞就隐藏在浓重的铅云之后。

“好了，先生，”普尔说，“我们到了。希望没出什么事。”他轻轻地敲了敲大门。门只被打开了一条缝，后面传来声音问道：“普尔，是你吗?”

“是的——请打开门。”

他们进去的时候，大厅里灯火通明。炉火烧得正旺。屋子里全是人——所有的用人都在。他们看起来就像一群受了惊吓的孩子。

“究竟发生什么事了?”律师问，“他们都在这里干什么？你的主人会不高兴的。”

“他们都很害怕。”普尔只回答了这么一句。而其他人都是一言不发，一个年龄不大的小女仆甚至哭了起来。

“安静！”普尔厉声喝道，努力把自己的恐惧压了下去。“现在——给我镇定，我们这就去把这事情弄个水落石出。厄特森先生，请您跟我一起去。”他在前面带着路，两人一起穿过后花园直奔实验室。

“尽量放轻脚步，先生。我希望您能听见他在干什么，但可不要让他听见您来了。另外，如果他叫您进去，可千万别去！”

厄特森吓得心跳漏了半拍，但还是勇敢地跟着老仆进了实验室，来到楼梯下。

“先生，请在这里等着——要仔细听。”普尔小声说。而他自己，深深吸了口气，顺着台阶走上去敲响了书房的门。

“厄特森先生想要见您，先生。”他叫道。

“跟他说我不见任何人。”一个声音从书房里面传来。

“是的，先生。”普尔说完，又带着厄特森穿过后花园回到了屋子里。“先生，”他问，“您听那是我主人的声音吗？”

律师的脸上血色尽失：“声音变了。”他说。

“变了？是的，”普尔说，“我服侍了哲基尔博士二十年。那个不是我主人的声音。有人谋害了我的主人。我最后一次听见主人的声音是在八天前。‘哦，上帝啊！’他喊了一声。然后就再没声音了。你刚听到的那个声音是凶手的！”

“这事儿太离奇了，普尔。”厄特森几乎难以保持镇静，“如果哲基尔博士已经被害，那么凶手为什么还会留在那里？他有什么必须要留下的理由吗？”

“也许你不相信我，先生，但我知道自己听见了什么。这一个星期以来，书房里的那人，或者怪物，他不分昼夜地喊叫着要一些特殊的化学药粉。而我的主人有一个习惯，在忙着做实验的时候，如果需要什么东西，他会写条子放在楼梯上。这一周来我们都没见过博士出来，只看到了楼梯上写好的条子。我跑遍了城里大大小小的药店去找博士需要的那些药粉，但没有一样符合他要求的。药粉都不够纯，他说。我不得不把它们退了，然后再换一家药店试试。我不知道那些药粉是做什么用的，但房子里的那人要得非常急。”

“你还留着那些条子么？”厄特森问。

普尔从口袋里掏出一张纸条递了过去。厄特森接过来自己看了起来。上面写道：“先前在贵店购买的那批药粉因不纯无效退还。一八××年时，贵店曾为亨利·哲基尔博士配制过一份混合药剂。请找找是否还有那种药剂的存货，如若找到请即刻送来。此事至关重要，切记。”

“这条子可真奇怪。”厄特森说。

“药店老板也是这么认为的，先生。”普尔回答，“我把条子拿过去的时候，那老板看了就立刻大喊：‘我所有的药粉都是纯粹的，你把这话告诉你的主人！’还把条子扔回给我。”

“那你确定这是你主人的笔迹么？”厄特森问

“当然，先生，”普尔说，“可这又有什么关系呢？我已经看到了谋害我主人的凶手！”

“看见了？”厄特森重复了一遍。

“是的！是这样的，有天我突然去了实验室，我想他出书房来找东西了。我去的时候书房门正开着，他在实验室的最里面，在一堆旧箱子中翻找着什么东西。他看到我进去的时候，突然尖叫了一声就跑上楼钻进了书房里。我只看到他一眼，就感觉全身血液都冻结了。先生，如果那真是我主人的话，为什么他脸上要戴着面具呢？如果真是我主人，为什么看到我会像个落入陷阱的野兽一般嚎叫着跑掉呢？我做他的仆人做了二十年，况且……”普尔再也说不下去了，难过地将脸埋入手中。

“这真是匪夷所思。”厄特森说，“但我想我有些明白了。普尔，你的主人恐怕是病了。这种病会改变他的样貌。这也许能解释他的声音为什么变了，为何戴着面具，以及为何对所有的朋友都避而不见。因此，他找这些药剂是为了让自己的病能好起来。上帝啊，希望他如愿以偿！可怜的哲基尔——这些就是我的理解。这虽然听起来很凄惨，但是普尔，这也是理所当然的事情，所以没什么好害怕的。”

“先生，”普尔说，“那个……怪物不是我的主人。我的主人高挑挺拔，身材精壮，那个陌生人要矮很多……先生，我跟着我主人一起生活了二十年，对他的长相就好像对自己一样熟悉。先生，我不会认错的，戴着面具的那个家伙不是博士。而且我认定，就是他杀了主人!”

“普尔,”律师开口道,“如果你这么说，那么我想我必须要弄清楚了。我们得撞开书房门。”

“您说得没错，厄特森先生!”老仆喊道。

“很好，你愿意帮助我吗？如果我们搞错了，我会确保你不受到责罚。”

“实验室里有把斧子。”普尔提醒道。

“普尔，你认为,”厄特森说,“这样做可能对我们两个都有危险？我们还是开诚布公比较好。你看到的那个面具人，你能确定他不是你的主人?”

“是的，先生。”

“事实上你认出他来了，是吗?”

“先生，因为只有匆匆一眼，我也不是很确定。但是——其实我觉得那是海德先生。那人很矮，身形看着和海德先生很像，而且走起路来也是一样轻快、敏捷。再说了，还有谁能像他一样随意进出实验室呢？你应该记得，先生，卡鲁爵士的凶案发生的时候，海德先生手里就有实验室的钥匙。不止如此，厄特森先生，你曾经见过海德先生吗?”

“见过,”厄特森回答,“我还跟他说过话。”

“那么您应该了解，先生，海德先生身上有些不对劲的地方，有种邪恶的东西。”

“我同意你的看法,”厄特森说,“我也有同样的感觉。”

“是的，先生。要知道，当戴着面具的那个家伙从箱子后面跳出来逃上楼去的时候，当时我就是那种感觉。面具下的那个家伙就是海德!”

“我了解了，普尔，我相信你。”律师慢慢地说，“我相信可怜的亨利·哲基尔恐怕真的已经遇害了。我也相信凶手还藏在书房里。普尔，现在我们一起上楼去了解这件事吧。”

两人一起进了后花园。浮云蔽月，放眼望去漆黑一片。他们顺着墙根摸向了实验室，然后站住脚仔细地听着动静。伦敦城夜生活的喧闹声远远地传来，而楼上的书房里，传来了徘徊的脚步声。

“那家伙整天都是这样在书房里走来走去的，先生。”普尔小声说，“几乎大半夜也是这样。只有新药粉送到的时候才会停下来。啊，先生，仔细听——你认为这是我主人的脚步声吗？”

那脚步声短促而轻快，的确与亨利·哲基尔一贯的又长又重的步子不符。

“还有什么别的情况，普尔？”律师沉重地问道。

“等一下，”普尔说，“我听到他在哭。”

“哭？”厄特森一脸惊骇地重复道。

“哭得像个迷路的孩子，”老仆说，“听得人心都碎了，我都想哭了。”

“好啦，”律师说，“我们还有事情要做。”

他们进了实验室，沿着楼梯向书房走去。“哲基尔，”律师大声喊道，“我必须要见你。”说完他等了一会儿，可是没有人回答他。“如果你不让我进去，我就砸开门！”

“厄特森，”一个声音从书房里面传来，“我求求你让我自己待着吧！”

“这不是哲基尔的声音！”厄特森大惊失色，“是海德！普尔，快砸开门！”

手起斧落，房门震了震，里面响起一阵困兽般包含着惊恐的尖叫声。斧子继续用力地砸向房门，但门的木头很结实，锁也很坚固，着实费了一些力气。不过最后门终于倒向屋内的地毯上。

两人向里面看去。屋子里温暖而舒适，炉火烧得正旺，那张大桌子上摆着些纸张。一间暖和又温馨的屋子。但是屋中间的地板上正趴着一个人。律师将他翻过身来，看到了海德的脸。他穿着比他身形大出很多的衣服，手里捏着一个小瓶子。

律师见状摇了摇头，说：“他吃了毒药，普尔。我想我们已经来不及救哲基尔博士了，也来不及惩罚凶手了。现在我们必须找到你主人的尸体。”

他们找遍了所有的地方，但就是没有亨利·哲基尔的踪迹，生不见人死不见尸。

“也许你的主人成功逃脱了，”厄特森充满希望地说。他去检查了一下实验室直通向街道的那个门。那门是锁的，锁上落满了灰尘。在不远处的地上，他找到了一把断钥匙。

“很久都没有人打开过这扇门了!”厄特森说。

“是的，”普尔拿起了那把断钥匙，“那海德又是怎么进来的呢?”

“这真让我不知所以了，普尔，”律师说，“我们回书房去吧。”

他们又搜查了一遍书房。“看那，先生，”普尔指着角落里的一张小桌子说。桌上堆放着盛着各种不知名液体的瓶子，还有装着白色药粉的碟子，“他在这里试验过药剂。”

地板上扔着一本书，书的封皮被撕掉了，律师捡起来看了看。博士喜欢看书，也很爱惜书，可是这本书却在写满了字后被撕坏扔到了地上，笔迹是哲基尔博士的确定无疑。

厄特森又注意到了两个玻璃书柜之间镶着的那面又高又大的镜子。

“真奇怪，”厄特森说，“哲基尔为什么要在书房里装面镜子?”

他们又转身去看了看书桌，发现上面有一个大邮包，上面写着“厄特森先生收”。是哲基尔博士的笔迹。厄特森打开包裹，里面掉出了三封信。第一封里面装的是遗嘱，和哲基尔博士的第一份遗嘱一模一样——只有一条除外。博士留下了他所有的积蓄，但受益人不再是爱德华·海德，而是加百列·约翰·厄特森。

律师看了看遗嘱，又看了看普尔，最后将目光移向地板上的尸体。

“我只是不明白，”他轻声说，“海德这些天一直在这里——他为什么没有毁了这份遗嘱?”

他拿起第二封信。里面装着博士写的一个小便条。厄特森扫了一眼日期。“普尔!”他大叫，“日期是今天的。哲基尔到今天为止还活着。他没有死——他是逃掉了或是躲起来了。但如果是这样，那又是为什么呢?如果他还活着，那我们能确定海德是自杀的么?我们得谨慎些，普尔，否则可能会让你的主人陷入糟糕的险境当中。”

“您为什么不看看条子上写的什么呢，先生?”老仆问道。

“因为我害怕，”律师不安地说。他慢慢地拿起了信，上面写道：

亲爱的厄特森：

当你看到这个的时候，就说明我已经消失了。请回去看兰宁的那封信。之后，请再读我的忏悔书。

你不幸而痛苦的朋友，

亨利·哲基尔

“这封应该就是忏悔书了。”厄特森拿起最后的那个最大的信封自言自语道。他把信装进了口袋，然后对老仆说：“不要对任何人提起这几封信的事，普尔。如果你的主人已经死了或是失踪了，那这封信很可能可以挽救他的名誉。现在已经十点了，我必须回家去安安静静地研究一下这几封信。不过我午夜之前会赶回来的，之后我们再去报警。”

他们走出实验室，锁了大门。厄特森心情沉重地踏上了回家的路。

第八章　兰宁医生的信

亲爱的厄特森：

四天前，也就是一月九号那天，晚上邮差送来一封信，上面是我的老朋友亨利·哲基尔的笔迹。我感到非常吃惊，因为我们没有互相通信的习惯，况且前一天晚上我们才在一起共进晚餐。而当我看信的时候，更加吃惊了。信上写道：

亲爱的兰宁：

你是我最老的朋友之一。尽管你我在科学问题上存在着一些分歧，但我一直当你是朋友。我可以为你赴汤蹈火，兰宁——现在你愿意为我做点事吗？

求你，老朋友，带着这封信马上到我家里来，普尔，我的仆人已经收到了命令。他将会带着锁匠过来，你们撬开我书房的门后，你必须一个人进来。在左手边有一个玻璃橱柜，你打开它，从上到下数第四层架子上你会看到几个装着化学药粉的小包，一只小瓶子，还有一本书。请把这些都带回你家里去。

如果你收到信后尽快赶来，午夜之前应该就能回家了。到那时会有一个男人去找你，请把瓶子、药粉和书全部给他。我将感激不尽。

请不要让我失望，兰宁。相信我，我的身心安宁全部指望在你身上了。我现在身处险境，只有你能救我了。

你的朋友，

亨利·哲基尔

看了这封信后，我确定哲基尔博士已经疯了。但朋友终归是朋友，所以我还是立刻去了他家。哲基尔的仆人也收到了和我差不多的一封信，也是邮差送过去的。他正带着一个锁匠等着我。我们一起去了实验室楼上的博士私人书房。门很结实，锁子也很坚固，不过对于经验丰富的锁匠来说不在话下。不一会儿门就被打开了，我独自进去，打开橱柜后找到了那个架子。果然，上面有药粉、瓶子还有一本书，我把它们全部带回了家。

回到家里，我又把每件东西都自己检查了一边。那几包药粉是白色的，瓶子里装的红色液体有刺鼻的气味，而那书上除了一连串日期外没什么别的了，那日期还是好多年前的，最近的一次也几乎是一年前。博士在有的日期旁边写了些个字，“双倍”出现在很早的日期旁边，紧接着是“失败!!”，然后又出现了好几遍“双倍”……哲基尔在干什么？这本书看起来就像是实验失败的记录。把这些东西带回家，我又如何能解救我朋友的生命和身心？那个午夜访客又是出于什么原因呢？我拿了一把老式手枪放进口袋里，然后将所有的东西都装进箱子，等着那个访客的到来。

午夜十二点时，敲门声准时响起。一个矮个子身影站在阴影处。

“您是从哲基尔博士那里来的吗？”我问。他点了一下头。

尽管我看不清他的脸，但还是感到了一种令人不快的感觉，并且非常庆幸我手里有武器。我请他进屋来，在明亮的灯光下，我看清了他的脸。

他的样子非常怪异。穿的衣服从料子到做工都是上等货，却大出他的身形很多。看起来就像是一个孩子偷穿了父亲的衣服。不过这个人身上可没一点像孩子的地方。他个子很矮，我提到过，但是非常健壮。另外，他的整个人身上透着股病态和恐惧，脸上交杂着痛苦、暴虐和仇恨的神情。作为一名医生，我也许会对他感到难过；但作为一个人，我只有纯粹的害怕和厌恶。

“东西都拿到了吗?”他伸出手来抓住我的胳膊，不耐烦地问道。他的碰触就像蛇吐着信子般，我感到浑身血液都变冷了。我抖掉他的手。“跟我来，先生，”我保持着冷静，“请坐，我想先认识一下您。”

“很抱歉，兰宁医生，”陌生来客变得恭敬了许多，“亨利·哲基尔博士让我过来办件重要的事情。我需要从您这里取走一些东西。”

我把箱子给他。他颤抖着双手接了过去。“终于!”他叫道，然后转向我，脸色惨白地问道，“您还有药瓶子吗?”

我给了他一只。他取了少量红色的液体和一些白色粉末倒入瓶中，一股烟冒了出来，液体的颜色由红变紫，最后变成了水绿色。他将瓶子放在桌上，然后眼神尖锐地看着我。

“现在，”他说，“请谨慎选择。你可以现在就离开屋子，或者你想留下来目睹一些科学上未知的新奇事物。你可以因此而获得财富、名望，以及成功，只要你相信的话。”

“先生，”我努力使自己镇定下来，“我不明白您想要说什么，您恐怕有些神志不清了。不过我还是会留下来。”

“很好，”陌生来客说，“现在记住你的承诺。你这一辈子都不相信，你对哲基尔博士的点子嗤之以鼻，还说它们是伪科学垃圾——现在，来亲眼见证吧!”

他举起瓶子，将里面的液体倒进嘴里，然后开始浑身颤抖，步伐不稳，几乎要跌倒。他牢牢地扶住桌子一角，张大了嘴急促地呼吸着。我就在一旁眼睁睁看着，他的身体好像开始变了，好像变高变胖了——脸变成了黑色，然后形状也开始变化……下一刻我便惊惧得跳了起来，靠着墙忍不住地颤抖起来。站在我眼前的这个摇摇晃晃的人，白着脸，一脸痛苦神情的人，正是亨利·哲基尔！

我实在无法提笔写下那天晚上哲基尔含着泪向我坦白的那些事情。

我现在只能感到无尽的恐惧，夜夜无法入睡。我感到自己命不久矣。我在写下这些的时候，也曾问过自己：这一切是否都是幻觉？作为科学家，我实在无法相信这些——但我确实是亲眼看见了。

厄特森，我再告诉你一件事情。那天晚上来我家里的那个邪恶的家伙——哲基尔说——杀害了卡鲁爵士的通缉犯海德，就是他本人。

黑丝蒂·兰宁

带着满心的惊骇，厄特森收起了兰宁医生的信，然后打开了亨利·哲基尔博士留下的忏悔书。

第九章　哲基尔博士的忏悔书

我出生于一八××年，生来就继承了一笔可观的财产、一副健壮的身体和一个绝佳的头脑。我也很勤奋，很快便在所从事的科学领域里取得了巨大的成功。年纪轻轻，已经有不少重要人物上门来讨教了。在那个大多数年轻人都外出寻乐的年龄里，我却像个白发苍苍的老人一般过活。

这对我来说并不轻松。在外界看来，我是一个严谨认真、兢兢业业的博士。可在这个沉默的角色之下，是一个充满生机、喜好玩乐的年轻人。这完全不是什么值得羞耻的事，我那时却没有意识到这一点。我感到很羞愧，并很快学会了将两种生活截然分开。

我并没有一点不诚实的地方。这两个人都是我，无论是那个一本正经、年轻有为的成功博士，还是那个野性的、寻欢作乐的、不负责任的年轻人。这个问题我思考了很长时间，渐渐地我明白了，我并不是特殊的那一个。每个人的性格中都有两面，他其实是两个人，这两个人住在一起——常常是很不自在地挤在同一具身体里。

“这真是不可思议。”我想。如果我可以把这两重人格分开，给我爱好玩乐的这一边以自由，那么他就可以走出去尽情地、没有愧疚感地寻欢作乐，然后严谨勤奋的博士可以留下继续他的济世救民的研究工作。

“这有可能吗，”我怀疑，“能找到一种可以给不同人格以不同面貌的药吗?”

经过了多番思考和仔细研究之后，我相信自己找到了答案。我读了很多科学方面的书籍，又泡在实验室里很久，一直在实验配制正确的化合物药剂。到最后，除了一样特质的盐外，我要的东西都齐了。我从一家药店买到了那种盐，终于万事俱备。

在开始实验之前，我犹豫了很久。混合药剂哪怕出一点差错，我都有可能立毙当场。不过最后，好奇心还是胜过了恐惧。在一个注定被诅咒的夜里，我将各种成分混合起来，配成了我的药。我看着瓶子里冒出了烟，药液的颜色由红变紫，最后成了绿色。我鼓起勇气，将那瓶苦涩的药喝得干干净净。

我感到胃里一阵剧烈的抽搐，连骨头缝里都疼得要命。眼前天旋地转，我害怕得发抖。紧接着恐惧和疼痛都奇怪地消失了，一种甜蜜的快感取而代之。我脑海中的思绪在疯狂涌动，那些不是什么好的、正经的想法。那是一种邪恶、残忍的陌生家伙才会有的狂野情绪。但是我发自内心地觉得自己变得更加年轻、更加轻快了，变得比以往任何时候都无忧无虑。“如果这就是纯粹的恶，”我想，“那么我喜欢它。”

我站在那儿，享受着这些陌生的想法和情绪带来的全新感觉。突然，我意识到自己变矮了。那时书房里还没有镜子，后来我就在墙上装了一面，这样就能观察自己外貌的变化。那时已经凌晨三点，所有的仆人都已经睡了，所以我决定回卧室去照照镜子，看看现在这副新身体的模样，这应该不会有什么问题。我穿过花园，像个陌生人一样进了屋。当我走进自己的房间里，我第一次见到了爱德华·海德。

那时候，我性格中好的一面还是强过坏的那一面。亨利·哲基尔有他的缺点，但总体来说，他是个善良的好人。我不确定，但我相信这也是为什么爱德华·海德比亨利·哲基尔要矮上很多的原因，但这不是二人唯一的差别。亨利·哲基尔有着和善、开朗、诚实的面孔，而爱德华·海德的眼中透出的尽是纯粹的邪恶。然而，我并没有因此感到厌恶。说实话，我很乐意接受他。爱德华·海德就是我，年轻、强壮、充满生机。

但后来我发现海德的相貌和言行会给别人带来很大的影响。没有人见到海德而不会感到厌恶和害怕的。我相信我也知道其中的原因，每个人都是善与恶的混合体，哪怕是最坏的罪犯身上也有好的一面。而爱德华·海德身上却只有恶。

我在镜子前站了很久。“我是变不回去了吗？”我怀疑，“如果是的话，那我得在天亮之前离开屋子。如果不走，就会被当成盗贼给抓起来的。”

我匆匆忙忙地回了书房，颤抖着双手配好另一副药剂喝了下去。我又一次体会到了那种可怕的痛楚和恶心感，但几秒钟之后我发现自己又一次变回了亨利·哲基尔的脸和身体。

接下来发生的事情让我很自责。那不是药物的错，药物本身没有什么好坏之分。但那却使监狱的大门向爱德华·海德敞开了，他除了逃跑之外别无他法，没过多久他便脱离了控制。你应该没有忘记，他是个彻头彻尾的恶人，而亨利·哲基尔却并不是一个彻头彻尾的好人。他只是个正常人，有着正常的缺点和弱点，海德对他来说过于强大了。

因此我很欢迎海德。我很小心地为他策划了一切。在伦敦的贫民区买了一所公寓，那里准备着海德穿的衣物，还雇了一个仆人来做家务。每当我想要忘记那个安静、严肃的自己，我便会喝一副药。在一开始的那段日子里……上帝原谅我吧！我感到一切都很有趣。哲基尔博士众所周知，而海德却无人知晓。在这具身体里，我想多自由就有多自由。

我不想多谈作为海德时的那些历险和可耻行为。哲基尔和从前一样善良仁慈，并且常会尽量弥补海德所造成的伤害。但是随着时间的推移，哲基尔越来越难以控制海德了。

一天晚上，海德在街上伤害了一个孩子，被一个过路人看到了，那人就是你的表弟。你们两个人走到我窗前的时候我就认出来了。你表弟抓住了海德，周围愤怒的人群也围了上来。他们要为那受伤孩子的家庭索赔。最后，为了脱身，海德只好给了你表弟一张哲基尔签名的支票。

从那之后我便吸取了教训，以海德的名义重新开了一个户头。我甚至给海德使用不同的笔迹。我以为这样就安全了，但我错了。

在丹佛斯·卡鲁爵士遇害的两月前，我又来了一次邪恶的探险。上床睡觉前我喝下一副药剂，又一次变回了哲基尔。第二天早上醒来的时候，我有一种很奇怪的感觉，感觉哪里出了问题……我扫视了一圈卧室，最后目光落到了自己的手上。亨利·哲基尔的手修长而白皙，指甲修剪得整整齐齐，但早上醒来我看到的这只手却是骨瘦嶙峋的灰褐色，长满了汗毛。这是爱德华·海德的手。

我盯着它，恐惧得直犯恶心。"头一天晚上睡觉前我还是哲基尔，"我想，"现在又成了爱德华·海德……这该怎么解释呢？更重要的是，我这副样子该如何去书房取药呢。"

紧接着我意识到，仆人们对海德出入这座房子已经习以为常了。我穿上海德的衣服，自信地穿过房子。普尔对海德这么早到来表示很惊讶，但我不在乎。十分钟后哲基尔博士便坐在了桌前，装作开始吃早餐的样子。

其实我焦虑得什么也吃不下，坐在那认真思考着我现在的处境。我发现最近几个星期里，海德变得更加强大了，无论是体格还是性格。

"我该怎么做，"我想，"要是海德获得了控制权该怎么办？"我又想到了那药，曾经做实验的时候，有过一次彻底的失败，有时候我需要两副药才能变成海德。然而现在，变成海德变得十分容易，困难的是探险之后再变回哲基尔。善的一半和恶的一半在争夺着我的身心控制权，恶的那一半渐渐占了上风。

我明白自己必须二选其一，我选择了哲基尔博士。但我也许并没有完全严肃地去对待这个问题，因为我并没有埋掉海德的公寓，也没有扔掉他的衣服。我作为一个安详、负责的人生活了整整两个月，但很快我便开始想念海德那年轻健壮的身体了，还有他对生活的热爱和那些在伦敦阴暗狭窄的无名街道中的探险。一天晚上，当我再也无法忍受作为哲基尔的枯燥无聊的生活，便配了一副药剂喝了下去。

那就像是打开了笼子的门放出了里面的野兽一般。那天晚上我变成了个十足的疯子，无缘无故就打死了丹佛斯爵士。一遍又一遍地击打他的身体时，我感到的是种狂野的兴奋。接着我便跑回公寓，毁掉了所有的文件。我并没有为自己所犯的罪行感到羞愧。相反，我被一种高涨的甜蜜兴奋感所填满。回家的路上，我一直回味着方才杀人的快感。我感到自己很强大，能主宰别人的命运……爱德华·海德哼着歌配好了药剂。“为你的健康干杯，丹佛斯爵士!”他大笑着喝了。一阵可怕的痛苦过后，可怜的亨利·哲基尔跪在了地上，乞求着上帝的宽恕。

当我又变回自己时，我锁上了通往实验室的大门，弄断了钥匙，扔了出去。永别了，海德先生！我轻声说。

第二天，关于那场谋杀的新闻便传遍了全伦敦。一个小女仆目击了一切，还认出了海德。我的另一半开始被警方通缉。

从某些方面来讲，我感到很庆幸。现在海德再也不能在这个世界上露脸了。只要他一出现，伦敦的每一位正直人士都会很乐意向警方报告的。

我又一次过上了忙碌的、认真负责的，几乎可以算得上是幸福的生活……直到一月里的一天。那天风日晴和，我正坐在公园里晒着太阳，突然感到剧烈的不舒服，开始浑身颤抖。但很快又感觉一切都好了——不仅是好了，而且是更加年轻、强壮和无畏。我低头看了看，身上穿的衣服突然间变大了，而放在膝上的手干瘦、多毛，那是海德的手。这一切发生得太突然了。前一刻我还是个负有盛名、受人爱戴的博士，后一刻我便成了警方想要通缉的凶残罪犯。

我该如何去书房里拿药？我已经锁了小街通往实验室的门，钥匙也弄断了。因此我没办法从街上的那个门直接进去，也没办法从房子里穿过去，因为那里有仆人在。我需要向外寻求帮助。我想到了兰宁，但该怎样联系到他呢？而且我该怎样说服他让海德进门呢？还有，该怎样说服他闯进哲基尔博士的私人书房？这一切看起来都不大可能。不过我紧接着想到了一件事。我的相貌虽然变得他不认识了，但笔迹却还没变。我同样能以哲基尔博士的名义写一封信！叫了一辆出租车，我让车夫把我载到兰宁家附近的一间旅馆去。哲基尔的衣服对我来说当然是过于宽大了，所以我花了些功夫才爬上了车。那车夫注意到了我奇怪的样子，忍不住哈哈大笑。我阴森森地看了他一眼，那笑容便冻结在了他的脸上。在极度的恐惧和危险中，我就像一只负伤的野兽一般，随时准备着攻击任何人。我很想把那个车夫从座位上拽下来立刻杀了他。但我还不笨，知道自己的性命就指望在能不能冷静行事上，因此努力克制着杀人的冲动。

到了旅馆后，我付了车钱，便提着两条过长的裤腿走了进去。侍者们看到我的怪样子也笑了起来。我狠狠地瞪了他们一眼，那些人脸上的笑容立马消失了。我要了一个单人间，侍者便领着我过去，还送来了我需要的纸和笔。

处于生命危险中的海德对我来说是全新的体验。他——我写的是“他”，因为我没法说那是“我”——他不是人。他当时的感觉除了恐惧就只有仇恨。海德是彻头彻尾的坏人，但他不是蠢人。他明白自己的性命就指着这两封信了，一封给兰宁，还有一封给普尔的。如果他失败了，那就只有死路一条。

他很小心谨慎地写好了这两封信，叫了一个侍者送过去。做完这些之后，他就在屋子里的火炉旁坐了一整天，连吃晚饭也是在那里，是一个吓破胆的侍者送来的。终于，夜幕降临在了这座城市的上空，他坐在一辆出租车的角落里命令道：“随便往哪儿走!”车夫便驾着车在伦敦的街道上前前后后地转来转去。

接着，当海德感觉到那车夫已经开始起疑的时候，他便下了车换成了步行。他穿着比身体大出很多的衣服，两眼透出满含恐惧和仇恨的光，样子说不出的古怪。路上还有个妇女跟他搭话。“您要买我的火柴吗，先生?”她恳求道。海德给了她一耳光，那女人吓得跑掉了。

我的计划成功了。到了兰宁家后，我吃了药，变回了正常的样子。

我几乎是立刻便感到了羞愧难当，也许是兰宁满脸的惊骇让我有了那种感觉，我也不太清楚。但是我很恨自己，而且很清楚地感觉到了情绪上的重大变化。我再也不惧怕警察了——我怕的是海德本身。一想到他那短小、强壮、满是汗毛的身体，还有那邪恶、残忍、极端自私的思想，我便感到无比恐惧和厌恶。

那天的担惊受怕让我筋疲力尽，所以当晚我睡得很沉。等早上醒过来的时候，我感到自己虚弱得站都站不稳，但人却相当正常。我仍然很憎恨和害怕身体中的那个野兽，也没有忘记头一天的那种令人绝望的危险。但我人在家里，手边就是药，我很庆幸自己九死一生逃了出来。

早饭后我在花园里散步，享受着冬天里纯净的空气，突然感到一阵撕裂般的疼痛——那是每次服完药后都会产生的难以言喻的感觉，就在快要被海德的激烈情绪湮没之前，我总算回到了书房。我以最快速度灌下药剂，这次足足用了两副药才变回老样子。但是六个小时之后，那种疼痛又回来了，我不得不再次喝药。

从那天开始，情况就变得越来越糟糕了。为了保持哲基尔的样子，我需要的药剂量越来越大，也越来越频繁。痛苦毫无预兆地就来了，但更多时候我都在沉睡。我开始害怕睡觉，哪怕只是在椅子上躺一会儿。只要我睡着了，醒过来的时候往往就会变成海德。

没多久哲基尔就生病了，发着高烧，被痛苦和恐惧折磨着。在哲基尔越变越弱的同时，海德变得比以往更强大了。他对一切人和物都充满了仇恨。海德和哲基尔彼此也深深恨着对方。哲基尔恨海德是因为海德充满邪恶，没有人性，也因为海德比他要强。哲基尔整日活在醒来后就会变成了海德的恐惧之中，变成海德的身体，拥有海德邪恶的情绪。而海德也恨哲基尔，原因却不同。他害怕死亡，害怕受到杀人的惩罚——这让他整日都躲在哲基尔的身体里。但是他恨这座牢狱，总想逃出去，摆脱哲基尔的思想和身体，拿回控制权。他也痛恨哲基尔的软弱，和他悲伤无助的样子。但他最恨的是哲基尔不喜欢他。这也是他为什么会不时地做出些惹恼哲基尔的举动。他撕了博士的书，还在上面乱画；他烧了他的信，甚至毁了博士父亲的遗像。

海德没有杀我，只是因为他怕死。他对生命的热爱是如此的强烈，他知道如果杀了我，他自己也会死。我几乎为他感到有些难过。

继续忏悔也没有什么用了。最后的灾难终于来临，也将给对我的惩罚画上句号。很快我就要永远地失去自己的面孔和本性了，因为已经没多少药剩余了。我让普尔去同一家药店买药回来，又配了一副，药剂冒出了烟，液体的颜色也由红变紫，但却没有变成绿色。我喝了它，然后盯着镜子。可是没有效果，在镜子中回看我的还是爱德华·海德的脸。

我想普尔已经告诉过你，我找遍了全伦敦的药店，但是一无所获。我这才想到第一次买回的药剂恐怕就是不纯的。那些我和药剂师都不认识的杂质成分很偶然地便混入了我的药中，而正是那个未知的成分使我的药剂成功了。所以我的药是机缘巧合之下的产物，没办法再配出来。

一星期时间过去了，我用掉了最后一副药，又变回了亨利·哲基尔。但是我已经没法写下更多，因为时间不够了。如果我正写这封忏悔信的时候海德回来了，他一定会撕了信来气我的。但如果我现在就写完，那他可能就不会注意到了。其实他也只能活这一时半刻了，现在的他已经不同以往，而是像个困兽一般。他坐在我的椅子里恐惧地颤抖着，哭泣着，满怀恐惧和仇恨，惶惶不可终日地听着门口警察的敲门声。他最终会被抓住判死刑吗？他在最后的时刻有勇气喝下毒药吗？

好吧，那一切都与我无关了。我生命的终结时刻已经来临。当你读到这封信的时候，你所知道的哲基尔已经死了。剩下的故事就都是爱德华·海德的了。现在，就让我放下手中的笔，结束亨利·哲基尔并不快乐的一生吧。

交　换

[意] 加斯帕罗·戈齐

费思嘉 译

前些日子我读了一篇不错的英国喜剧作品，我决定把它改编成下面的这篇小短文。

从前在伦敦，有一个正派而富有的男人，叫乔瓦尼，他的妻子，却是世界上最为野蛮最为古怪的女人。为了婚后能在家里当家做主，什么事都由她说了算，她嫁给他的时候就带了非常丰厚的嫁妆。以前在乔瓦尼的管理下，这个家庭是一个充满愉快和满足的天堂，然而他的新婚妻子的到来却使这里变成了地狱，因此他觉得他娶来的不是一个女人，而是可怕的魔鬼。她也看不惯丈夫的一切，她对他发表各种傲慢的看法，嘟嘟囔囔地抱怨着。她说的每一句话、做的每一件事无不表现出她那极度糟糕的心情。他们的女主人是如此的粗鲁无礼，这令仆人们也感到非常绝望，她总是叫他们“大胖子”、“傻子”，还经常会面目狰狞地扇他们耳光，对他们拳打脚踢。对于这些不同的受气包，她会根据自己的心情变换花样折磨他们，有时候砸碟子，有时候扔茶杯。她从来没有想过，真正的善良并不是完全由出身和财富决定的，她把她的仆人们当作奴隶一样使唤，她这么做只是想进一步体现她的贵族地位。乔瓦尼经常责备她的所作所为，并尝试用温和的方式指出她的错误，然而她还是什么都没有改变，她根本听不进丈夫好心的劝告。只要一见到丈夫她就会想起她为他带来的丰厚嫁妆，于是她就摆出一副很吓人的傲慢脸色，双手叉着腰，问他：“你难道想和那些野蛮人、那些乌合之众同流合污吗？我看你就是个蠢货，所有人都能牵着你的鼻子走！这个家里的所有事情都必须由我做主，一切才能安然无恙！”这个可怜的男人只好耸了耸肩，并请求他的用人们能够像他一样保持耐心。为了不让自己在这样的家里被逼疯，他只好经常出门和他的朋友们呆在一起打发时间，咒骂自己真是个为毒蛇取暖的烂好人。

一天，她去了乡下的一座小别墅，那儿离他们居住的城市有些距离，她的用人们留在了城里，他们太想好好度过这短暂的美好时光了。他们准备了沙拉，但不知道应该配什么酒，而对早餐而言，酒无论如何都是很重要的。碰巧他们邀请了一位叫塔特奥的鞋匠，在他看来，酒存放的时间越长越醇香。他平日的心情总是很好，每当他小酌一番后，他会开心地为大伙儿唱歌，给人们带来了许多快乐，因此他总能受到所有人的欢迎。他的确可以让每一个和他待在一起的人都开开心心的，然而他对妻子吉瓦却没有那么热情。塔特奥是这样评论她的：她是一个年轻漂亮的姑娘，但是她一天到晚都是一副半死不活的样子，连一盘面条都做不好。他经常打骂她，就好像生活中所有糟糕的倒霉事儿都是她带来的一样。塔特奥兴高采烈地和乔瓦尼的用人们一起坐在饭桌前，他们请来了一位盲人，盲人的古提琴拉得非常好。他们一起唱了许多歌，吃完饭后，他们又开始跳舞，就好像庆祝节日一样，非常开心，这样的快乐可以感染所有看见这一幕的人。然而或许是因为他们太过开心而没有注意时间，又或许是女主人比预计的时间提前回来了，她当场抓住了他们，不由怒火中烧，恨不得杀了所有在场的人。大家都知道，在如此的狂怒之下，她一定又会对众人拳打脚踢。她跑到塔特奥的身后，把盲人手中的那把古提琴夺来，抡起手臂狠狠地把它砸了个稀巴烂，那破碎的声响震耳欲聋。她脸上的表情十分可怕，似乎想要毁灭这个世界。她的丈夫为了劝她好话都说尽了，然而还是不见一点成效，他心里暗暗决定过两天就把她送回娘家，他希望离她越远越好。

这时外面的天色已经暗了下来，空中还飘起了小雨。当这个想法还在他脑子里萦绕的时候，一个男人来到了乔瓦尼和他妻子家的门口。他住在离这儿不远的地方，很有学问，所有人都很尊敬他，他对占卜以及预测未来这些事情非常在行。然而没有人知道其实他还是一个技艺精湛的巫师，他平时很少施展法术，偶尔为之也仅仅是为了帮助他的朋友们，有些时候却是为了捉弄别人。他走到乔瓦尼和他的妻子面前，请求他们今晚借他一个住处，天这么黑，又下着雨，他不知道到底该走哪条路回家了，他不敢冒这个险，因为他害怕遭遇不测。乔瓦尼是一个仁慈慷慨的人，听到这位占卜师的请求，他答应了："你说的有道理，今晚你可以在我们这儿住下，等明天再启程吧。"没等他的话音落下，他的妻子就大喊道："让他滚去地狱好了！如果你不想在黑夜里冒雨赶路，那你就睡在门口的这条路上好了，我一秒钟都不想看见你出现在我的家里！"在门外，这位被大家称作医生的占卜师，在听到如此野蛮无礼的拒绝后，也只好耸耸肩，但他在心里暗暗发誓一定要报复她，接着他就离开了。在离这儿不远的地方，他来到了吉瓦家的门前，他想或许请求塔特奥留宿他是件更容易的事情。然而塔特奥并没有回家，他刚从狂怒的乔瓦尼的妻子那里逃了出来，跑到了一间马厩里，和乔瓦尼家的厨师在那儿呆了很久，一边咒骂那位疯狂的女主人，一边把啤酒往喉咙里灌，那是他刚刚趁她发怒时偷来的。

独自一人在家的吉瓦打开了门，医生请求在她家里借宿一晚。吉瓦知道这是她丈夫塔特奥认识的人，于是就收留了他，并客气地邀请他吃了晚饭。今天吉瓦不用等她的丈夫回家吃晚饭了，因为他被邀请到了别的地方。塔特奥还告诉她，她可以自己决定吃饭的时间，并留给她一点小钱，她一直那么贫困，以至于这点儿小钱就已经让她觉得自己很富有了。医生一边与她共进晚餐，一边开始向她解释占卜的神奇之处。过了一会儿，他请求看一看吉瓦的手相，她便把手伸给她。医生研究着她手心错综复杂的线条，说道："我的吉瓦啊，我今天来得正是时候，因为从明天起你将会开始走好运。想想吧，你将再也不用呆在这间被熏黑了的小屋子里，你可以走进全伦敦最为富有的大房子里，在那儿所有的人待你都会如同对待女王陛下一般殷勤；你再也不用穿你现在穿的这些破衣烂衫，你将穿上只有贵族才能穿的华丽的衣服；你再也不用每天织布，忍受丈夫的虐待和殴打，你的身边将有无数愿意听从你吩咐的仆人，还有一辆使你像一位贵族夫人那样出行的马车。你还想知道更多的吗？是的，除了这些以外，你还将拥有一位最年轻、最富有又最为善良的丈夫。因此你不仅会拥有最多的财富，还会成为这个世界上最幸福的女人。你只需要记住一点，那就是在你的生活改变之后，你要有贵族的生活方式和态度，你要懂得学会适应他们的习俗和礼仪，这样的话你原来贫困的身份就不会被发现，到那时所有的幸运都会降临到你的身上。”吉瓦听着他说的话，惊讶得合不拢嘴，她试图不去相信他，然而他曾经占卜过那么多灵验的事情，就是再隐秘的事情也曾被他猜中，吉瓦无法怀疑，还是相信了他，她心中的喜悦无以言表，呼吸仿佛也变得困难起来，她觉得自己已经在金银珠宝的海洋里打滚了，并可以随心所欲地指挥一大群人。就在这时，塔特奥摆脱了厨师的纠缠，准备回家了，当他到家的时候，他的妻子正处于喜悦和幻想的顶峰，他看见妻子这副样子，还以为她快要疯了，她说的话令他非常困惑，她告诉他，不用过多久她将变得像女王一样，拥有无数的财富和高贵的衣服。塔特奥气得差点没用棍子打她，然而他还是比较有耐心的。他愤怒地向他的客人打了个招呼，然后问他的妻子是不是喝醉了，因为她说的每一句话都证明她已经疯了。这时候医生转过身，对塔特奥讲述了他是如何被乔瓦尼的妻子赶出来的事情，最后还是吉瓦好心收留了他，他预言吉瓦将会遇上天大的好运，这就是她如此开心的原因，他请求塔特奥也开心起来，今天他将在他们家里留宿一晚，明天早上就要离开了。塔特奥一听到那可恶的女人的名字，立刻暴怒起来，把什么都忘记了，他说了一大堆关于她的坏话，他从来没见过这么傲慢无礼的女人。之后他便热情地款待了医生，并邀请他留宿。

但医生并没有睡着，他正在思考如何尽自己的最大力量报复乔瓦尼的妻子，从而让她好好反省她对他的恶劣态度，同时他还决定帮助热情招待他的吉瓦。在清晨到来之前，他去了一个偏僻的地方，平时他会在那儿施法术，他打算用法术强行交换乔瓦尼的妻子和吉瓦的灵魂。天色立刻阴沉下来，突然间一阵剧烈的电闪雷鸣穿过天际，天空仿佛快要燃烧起来一般。正当乔瓦尼的妻子熟睡时，她的外表变成了吉瓦的模样，但内心并没有发生变化，她的灵魂被转移到了吉瓦的那张比狗舍还要寒酸的床上，而吉瓦的外貌则变成了乔瓦尼妻子的样子，她也是在睡梦中被送到了乔瓦尼的家里，那是一间非常气派的房间，她躺在了一张她从未见过的柔软的大床上。

在这一切发生之前，塔特奥已经起床了，一部分是被糟糕的天气吵醒的，另一部分则是因为工作的需要。他打开房间的窗户，在窄窄的长凳前整理着装，换下拖鞋，他不想把吉瓦叫醒，因为他觉得昨天晚上她喝酒太多，有点神志不清。接着他就开始工作了，他手里拿着绱鞋用的锥子和绳子，一边钻孔一边穿线，再用小锤子敲着鞋底，接着把鞋子缝好，这样一双好鞋子就完工了。为了消遣工作时的无聊感，他一边做鞋子一边哼着小曲儿，他的声音吵醒了床上的假吉瓦。她还并没有完全醒过来，一点也没有察觉到她已经不在自己原来的房间里了，她半闭着眼睛大吼道："这该死的是什么啊？什么声音啊？是谁敢这么无礼！竟然敢在离我房间这么近的地方唱歌把我吵醒？这就是你们这群人对我这个女主人的尊敬吗？如果我不把在外面驴叫的那个傻瓜的头打烂、胳膊掰断、耳朵揪掉的话，老娘就把姓倒着写！"

"好啊！"塔特奥笑着说，他以为吉瓦是相信了那个占卜，觉得自己已经变成了一位贵族太太，正在胡言乱语，"那么我们继续吧。"他这么说道，接着又唱起歌来。她睁开眼看见了塔特奥，狂怒地叫喊她仆人们的名字，却没有听见任何人的回应。她瞥了一眼四周，发现这是一间又小又阴暗的屋子，床单上还有很多打麻过程中落下的粗亚麻布。她完全不知道发生了什么，又惊又气，于是她开始咒骂塔特奥，说一定是他和乔瓦尼商量好了这个交换她的阴谋，她可是贵妇人，她一点也不在乎，因为她马上就会去狠狠报复她的丈夫，接着她将把这个鞋匠送上绞首台。塔特奥很讨厌"绞首台"这个词，他终于失去了耐心，骂她是个喝醉的疯婆子，更糟的是，他开始威胁她如果不立刻起床的话，他会用棍子好好教训她，这样才能治好她的疯病。她用更加恶劣的言语回应他，塔特奥不得不打了她几拳。她不知道该做什么，心中满是惊诧和愤怒。她尽其所能沉默下来，穿上了吉瓦的衣裙，她绝望地坐在一把用稻草包着的摇摇晃晃的破椅子上。然而塔特奥不愿意看见她坐在那儿什么事儿都不做，嘴里还一直小声嘟囔着。他把纺锤递给她，她立刻就把它扔在了地上，塔特奥非常生气，又开始打她，说："你以为你是谁啊？难道你真的相信一个算命的说的几句预言，你以为算命的真就能把你变成女王吗？你生下来就注定只能过这种穷困潦倒的日子，以前是这样，以后也不可能改变！快点开始纺布！要不我就好好让你看看你到底是谁，让你看看你的王国到底是什么样子的。你充其量就是破衣烂衫的女王，我要揍你多少次你才知道你必须听我的话啊！我才是这里当家的人！快点纺布！你这个该死的女人，不要再让我失去耐心了！”塔特奥说最后这句话时，他那双凶恶的眼睛瞪得非常吓人，声音也特别大。这个新吉瓦不由得恐惧起来，虽然内心还是非常愤怒，她也只好拼命想起自己知道的一切关于纺织的知识，开始纺布，然而她早就不记得这个活计究竟该怎么做了，又或许其实她这辈子根本从来就没有摸过纺锤。

就在塔特奥的家里发生了这样的事情的同时，另一边在乔瓦尼家里，吉瓦也醒了过来，她嘴里嘟囔着：“今晚我做了一个多么美妙的梦啊！我一定是被送到了天堂一般的地方，被放在了一张铺满玫瑰和紫罗兰的床上。可我究竟在哪儿呢？”吉瓦继续说道，“这不是和我在戏院里看的那场戏里的情景一样吗？我这是躺在一张床上吗？这些床单一定是绸缎做的，我可从没见过这么柔软的亚麻布！我一定是在做梦，我真是不想醒过来啊！我一定是已经死了吧，所以现在正在另外一个世界里。”吉瓦这么说着，根本不知道自己在做什么，她把手放在了床铃的绳子上，一不小心拉响了床铃。一个女仆胆战心惊地走了进来，因为按照惯例，这个糟糕的女主人必定是满肚子怒火。她踮着脚尖轻轻地走到床边，一句话也不敢说。吉瓦看见这个女仆穿着如此精致的衣裙，就非常热情地向她打了个招呼。看到这样的女主人，女仆差点没能掩饰住自己过分的惊讶之情，她问吉瓦今早想穿什么衣服，吉瓦不禁有些窘迫。她想起占卜师对她说过的话，她的举止必须像一位贵族夫人一般庄重典雅，她不知道该怎么回答，便说，那就穿和昨天 样的那 件吧。她一边梳妆打扮，一边心里暗自惊奇，她完全不知道自己在哪里。接着另外一位女仆走了进来告诉第一位女仆为夫人准备的热巧克力已经好了，吉瓦默默琢磨着这热巧克力究竟是什么，最后她觉得那应该是某种首饰，于是说：“请帮我戴上吧。”但是当她发现那其实是倒在杯子里用来喝的饮料时，她说：“我的意思是请帮我把它放在那边的桌子上，我过一会儿再喝。”两个女仆把这个消息告诉了家里的所有人，他们的女主人在一夜之间变成了一个她们根本不认识的如同天使一样的人，以至于所有以前都对她避之不及的用人们都想去看她一眼，每个人都为她的改变而雀跃不已，她为家里所有人带来的快乐就像是在这一天举行了一场美好的婚礼一般。

然而比任何人都要欣慰的人是乔瓦尼，当他从用人们那儿听说他的妻子发生了巨大的改变时，他立刻赶去她的房间，想要去看看这令人不可思议的奇迹。当他进门时，吉瓦正充满好奇地到处张望着，她正想着预言里还说她将会有一位新的丈夫，就在这时，一位仆人告诉她，她的丈夫来了。乔瓦尼看见妻子果然如同仆人们描述的那样友好和善，他高兴极了。她对他说，她希望今后家里的每一件事情都由他做主。乔瓦尼为她这样的温柔流下了眼泪，所有周围的在场者看到这一幕时也都不禁落泪。

同时，另一位吉瓦再也忍受不了塔特奥的火爆脾气和残忍的殴打了，她偷偷地溜了出来，向乔瓦尼的家里跑去。她一进家门，就看见他们全家上下都正在庆祝这件可喜可贺的事情。当她看到真正的吉瓦，她惊讶得差点没当场晕过去，“她竟然和我长得一模一样！”她这么想着，“所有人都对那个人毕恭毕敬，就好像她是他们的女主人一样！”当她惊讶地张着嘴却说不出一句话时，所有人都问她：“吉瓦，你怎么了？有什么事儿吗？是什么风把你吹到这儿来啦？”就在这时塔特奥也来了，吉瓦一看见他，立刻向后退了好几步，她很害怕又被他殴打。塔特奥向乔瓦尼以及他真正的妻子请求原谅，他对他们说：“我家的吉瓦被一个算命师的预言弄疯了，她以为自己是个贵族夫人，甚至还自认为是乔瓦尼的妻子，所以她就跑到这儿来了。”乔瓦尼对她依旧和善仁慈，他祈求她得到有效的治疗，他认为她还是很有可能康复的。塔特奥说：“拳头就是治好她疯病的最好办法。”正当这两个女人完全弄不懂周围发生了什么的时候，那位医生——同时也拥有占卜师和巫师身份的人——走了进来，他向乔瓦尼道歉，请求原谅他的大胆，因为眼前发生的这一切，都是他为了报复他妻子做出的杰作，同时他也想让她好好反省自己的罪过。他威胁道，如果将灵魂交换之后她还是不知悔改甚至变本加厉的话，他是绝对不会把她们换回来的。假吉瓦开始大哭，她向乔瓦尼请求原谅她以前的无礼和傲慢，真吉瓦也对能拥有如此短暂的一段幸福时光而感到非常满足。于是医生再次施展法术将两个女人的灵魂交换回来。乔瓦尼给了塔特奥五百个银币作为谢礼，这使他成为了最富有的鞋匠。从此以后，一直以来折磨着塔特奥的贫穷一去不复返，他丢掉了手中的棍棒，再也不殴打吉瓦了，就这样他们幸福地生活在一起。

丛林中

[日] 芥川龙之介

黄悦生 译

樵夫回答按察使的话

没错，就是我发现那具尸体的。今早，我和平时一样上山去砍伐杉树时，忽然在山后的丛林里发现了那具尸体。地点在哪儿？大约离山科驿道有一里多路吧。那里很偏僻，竹林中夹杂着一些细小的杉树。

尸体身穿浅蓝色袍服，头戴京城样式的乌帽，仰面倒在地上。虽然只挨了一刀，但刚好戳中胸口，尸体周围的落叶都被染红了。——不，那时已经没再流血，伤口好像也凝固了，有一只牛虻死死叮在上面，连人走近也没听见。

——有没有看见刀什么的？没有，啥都没有。不过在旁边的杉树底下丢着一根绳子。对了，除了绳子外，还有一把梳子。尸体周围只有这两件东西。不过，看地上的杂草和竹子落叶被踩得乱七八糟，想必他在被杀前有过一番激烈的搏斗。——什么，有没有看见马？那里马是进不去的，因为和外面的大路隔着一片丛林，马过不了。

行脚僧人回答按察使的话

昨天我确实见到了那个遇害的男人。昨天——嗯，昨天晌午，我从关山去往山科途中遇到他们。那个男人和一个骑马的女人一起，向关山方向走来。女人脸上遮着面纱，看不清长相，只记得她身穿绛红色的衣裙，坐骑是匹桃花马，鬃毛很短。——马有多高？得有四尺多高吧……我一个出家人，对这些事情不太了解。那个男人——不，他身上带着刀，还有弓箭，特别是那黑漆箭筒里插着二十多支箭，我现在还记得很清楚。

我做梦也想不到他竟会落得如此下场，真可谓人生如露亦如电。唉，悲哉悲哉，一言难尽啊！

捕快回答按察使的话

我抓到的那个人吗？他名叫多襄丸，确实是个大名鼎鼎的大盗。不过我抓住他时，他正在粟田口的石桥上哼哼地呻吟，好像是刚从马上摔下来吧。时间？是昨晚初更时分。上回被他溜走那次，也是这身打扮，深蓝色短褂，腰挎长刀。不过，这次您也看到了，除了刀，他还带着弓箭呢。——啊，是吗？那个男人遇害前也带着这些东西？这么说来，杀人凶手必是这个多襄丸无疑了。那把缠着皮革的弓、黑漆箭筒、十七支鹰翎箭，都是死者的物品吧。坐骑也如您所说，是匹短鬃的桃花马。他从马上摔下来，准是报应呢。马就在石桥过去一点的路边吃草，还拖着长长的缰绳。

多襄丸这家伙，在混迹京城的盗贼中，算是个好色之徒。去年秋天，乌部寺罗汉像后的山上，前来寺庙上香拜佛的妇人和女童被害一案，据说也是这个家伙所为。这次，那个男人遭毒手后，那名骑马的女人又不知落得怎样的下场了。——恕我多嘴，这一点也请您费心查办啊。

老媪回答按察使的话

是的，死者就是我的女婿。他不是京城人，在若狭国府中担任侍从。他名叫金泽武弘，今年二十六岁。不，不会，他平时性情温和，跟别人无冤无仇的。

我女儿吗？她名叫真砂，才十九岁，性格比男人还要强。除了武弘外，不曾和别的男人好过。她脸形比较小，瓜子脸，肤色有点黑，左眼角有颗黑痣。

武弘昨天和我女儿一起动身去若狭，想不到竟然出事了，真是命不好啊。女婿已经这样，只好认命。可我女儿现在怎么样了？真把我急坏了呀。求求您，哪怕上天入地，也要找到我女儿的下落呀，这是我这辈子唯一的请求啦。可恨的是那个叫什么多襄丸的恶贼，不但害了我女婿，连我女儿也……（泣不成声）

多襄丸的口供

那个男的是我杀的。不过，那女的我可没杀。她上哪儿去了？这我也不知道呀。嘿，且慢，你再怎么拷问，我是真不知道呀，让我说啥。而且，事到如今，我也没打算再隐瞒什么了。

我是昨天刚过正午时碰见那对夫妇的。当时有风，那女人的面纱偶然被吹开，露出了脸。就那么一瞬间，之后就看不见了。可能由于这个缘故，我觉得她长得跟女菩萨一样。就在那一瞬间，我打定主意：哪怕杀了那个男的，也非得把这个女人弄到手不可。

嘿，杀个把人，没你们想象的那么严重。反正，要抢人家女人，就得先把男人杀掉。只不过，我杀人用的是随身带着的腰刀，你们杀人不用刀，而是用权力，用金钱，有时甚至随便编个借口也能把人杀死。这样，既不用流血，人也风风光光地活着。——不过，这同样也是一种杀人吧。从罪孽轻重来说，到底是你们更坏还是我更坏，不好说哩。（面露讥笑）

如果能不杀男人而把人家女人占为己有，那是最好不过。其实，当时我已经想好了：尽可能不杀人就把那个女的搞到手。可是，在山科驿道上，不太好办。所以我得想法把那对夫妇引进山里去。

这也没费什么劲。我和他们搭伴一起走，我说：我在对面山上发现了一个古冢，挖开一看，有很多古镜和腰刀。我把它们埋藏在山背后的丛林里，以防别人发现。要是有人想买，我愿意全部低价转让。——那个男的听我这么一说，渐渐有点心动了。怎么样，贪欲是多么可怕啊！不出半个时辰，那对夫妇就牵着马跟我走上了山路。

来到丛林外，我对他们说：财宝就在这里头，进来看吧。那男的利欲熏心，没有半点怀疑。那女的却不肯下马，说在外头等着。这也难怪，丛林看上去长得密密麻麻的。说实在话，这对我倒是正中下怀。我和那男的走进丛林里，那个女的独自留在外头。

起初丛林里净是竹子，走了大约五十多米，才见到一些稀疏的杉树丛——这可是我下手的绝佳之处。我拨开树丛，说：财宝就埋在杉树底下。说得像真有那么回事似的。那男的听我这么一说，就快步走进那片隐约可见的细杉丛中。丛林里，竹子稀稀拉拉的，并排长着好几棵杉树。一进到林子，我猛地把他按倒在地上。他身上带着刀，看起来力气蛮大，不过冷不防被袭了个措手不及，没法招架，很快就被我捆在一棵杉树下。——绳子？干我们盗贼这一行的，绳子可从不离身，随时要翻墙的嘛。当然，我还用地下的竹叶塞住他嘴，以防他出声叫喊，这就算大功告成啦。

收拾好那男的之后，我来到林子外头，对那女的说：你男人好像突然犯病了，快来看看。不用说，她也乖乖上钩了。她摘下斗笠，被我牵着手走进丛林深处。来到林子里，一看见自己男人被捆在杉树底下，她忽然从怀里抽出一把闪亮的短刀来。性子这么刚烈的女人，我还是头一回见。如果我那时稍为大意的话，说不定肚子会挨上一刀呢。即使躲过这一刀，被她接连乱刺下来，也难保不受伤。——当然，我多襄丸可不是吃素的，好歹不用拔刀就打掉了她的短刀。无论她性子怎样刚烈，手上没刀，也就没辙了。终于如我所愿，不必杀那男人就把那女的弄到手。

我本来不必杀那男的——是的，而且，我也没打算要杀他。可是，当我丢下那个趴在地上哭的女人准备离开时，她忽然一把抓住我胳膊，像疯了似的，不肯撒手。她断断续续地哭喊着说：要么你死，要么我男人死，你们俩得死一个……这种屈辱，让两个男人知道，让我以后怎么活……你们俩只能有一个活着，谁都成，我跟他走！——听她这么上气不接下气地哭诉，我才忽然动了念头，想杀掉那男人。（脸上显出阴郁而兴奋的神情）

听到这里，你们一定觉得我是个无比残忍的人吧。这是因为你们没有看见当时那女的表情，特别是在那一瞬间，她那像火一样燃烧的眼睛。当我和她眼神对视时，就打定主意：哪怕遭天打雷劈，我也要娶她做老婆。娶她做老婆——当时我心里只有这个念头，这并不是你们想象的那种龌龊的邪念。如果当时我只为劫色而没其他想法的话，早就一脚踢翻那女人逃之夭夭了，那男的也不至于成了我刀下鬼。可是，在阴暗的竹林里，当我定睛看着女人的一刹那，我决计：不杀掉那男的，绝不离开这里。

不过，要杀他，我倒也没用下三滥的手法。我给他松了绑，说：咱俩来决斗吧。（丢在杉树下的绳子，就是那时忘了扔掉的。）他煞白着脸，一声不吭，拔刀向我狠狠扑过来。厮杀结果如何，就不必说了吧。杀到第二十三回合，我一刀捅穿了他胸口。二十三回合啊——可别忘了，除了他之外，天下再没有其他人能接我二十招，这点我至今还是很佩服的。（欣然微笑）

他一倒下，我手提血淋淋的腰刀，回头看那女的。——唉，哪里还有她影子？不知道逃哪儿去了。我在杉树林里到处找，可是满地竹叶，却没见到一丝痕迹。竖起耳朵听，听到的只有那男人断气前的呻吟。

我想，那女的可能在我开始厮杀时就逃到丛林外去求救了吧。眼下轮到我自己逃命了，于是就捡了对方的刀和弓箭，赶紧折回原来的山路。女人的那匹马还在原地静静地吃草。后来的经过就不必再费口舌了吧。另外，进京之前，我还卖掉了那把刀。——我的口供就是这些了。反正我早晚免不了被砍头示众，就请处以极刑吧。（神态凛然）

女人在清水寺的忏悔之词

那个穿深蓝色褂子的男人把我污辱了之后，看看被捆着的我丈夫笑了，像是嘲笑他一般。我丈夫心里该有多恨啊。可是不管他怎么挣扎，身上的绳子只是越勒越紧。我不由连滚带爬地向他身边跑过去。——不，是刚要跑过去的时候，就被那个男人猛地一脚踹倒了。就在那时，我忽然看到我丈夫眼里发出异样的光芒。那种眼神，真的无法形容。我现在回想起来，还禁不住浑身发抖。他那时开不了口，但那一刹那的眼神，已经传达了他内心的一切。——他眼里闪烁着的，既不是愤怒，也不是悲哀，那是蔑视我的冷冰冰的眼神啊！我挨了那人一脚后，又遭受这眼神更沉重的打击，不由大叫一声，昏过去了。

醒来一看，那个穿蓝褂子的人已经不见了，只剩下我丈夫还被捆在杉树底下。我好不容易从满地落叶上爬起来，盯着他的脸，可是他的眼神却一点都没变，还是那样轻蔑、冷漠，而且还流露出几分憎恶。当时我心里真不知是什么滋味——屈辱，悲哀，愤怒……我摇摇晃晃地爬起来，向他走去。

"我说，既然事情已经这样，我们不能在一起了。我打算一死了之，可是……可是，你也得死。——你看见我被污辱了，所以我不能让你一个人留下。"

我用尽全力说完了这番话。我丈夫却只是盯着我，眼里似乎充满了憎恨。我强忍着心如刀割似的悲痛，去搜他身上的腰刀。大概是被那强盗抢走了吧，丛林里别说腰刀了，连弓箭也没找着。幸亏我发现了之前掉落在脚底下的那把短刀。我举起短刀，又对他说："请允许我先杀了你，我随后就来。"

我丈夫听了这话，总算动了动嘴唇。当然，他嘴里塞满了竹叶，发不出一点声音。但我一看就立刻明白他在说什么——他说的是"杀吧"——脸上依然是一副轻蔑的表情。我几乎像做梦一般，"扑哧"一刀扎进他那蓝袍下的胸膛。

我当时又昏迷过去了。等我清醒过来，四下张望时，一直被绑在那里的丈夫早已断了气。一缕夕阳透过交错的竹林和杉树丛，照在他那苍白的脸上。我忍住哭声，解开他身上的绳索。后来……后来的经过，我已经没有力气再说下去了。总之，不管怎样，我最后都没有死成——用刀扎喉咙也好，跳进山脚下的水塘里也好，我试过各种方法，可就是死不了。——这当然没什么可炫耀的。（凄然一笑）像我这样没用的人，恐怕连大慈大悲的观音菩萨也不会来搭救的。我被强盗污辱了，还杀死了自己丈夫，我……到底该怎么办呀？我……我……（突然剧烈地抽泣起来）

亡灵借巫婆之口所说的话

那个强盗糟蹋了我女人之后，就坐在她身旁，开始花言巧语地安慰她。我当然开不了口，身体也被绑在杉树底下。但当时我多次向我女人使眼色，想告诉她：那家伙说的全是骗人的，不要当真！但是，我女人却安静地坐在落叶上，一直低头看着自己脚下，似乎是被那家伙的话打动了。我妒火中烧，拼命扭动身体。可是，那家伙口若悬河，说得天花乱坠。他甚至连这么不要脸的话都说了出来："你一旦失身了，就很难再和你男人凑合下去啦。跟着这样的男人，还不如当我老婆呢，怎么样？我就是因为稀罕你，才干出这种无法无天的事来。"

听那家伙这么一说，我女人竟抬起头来，一脸痴迷。我还从没见过她这么漂亮。可是，这么漂亮的女人，当着被绑的自家男人面前，是怎么回答那强盗的呢？我虽然已经身在冥府，可是每次一想起我女人当时的回答，就怒火中烧。——她的的确确是这么说的："请带我走吧，去哪儿都行。"（沉默良久）

她的罪恶还不止于此。如果仅仅是这样，那现在我也不至于在这黑暗中受苦了。——她像梦游似的被那强盗拉着手向丛林外走去时，忽然脸色变得惨白，指着被捆在杉树下的我，说："杀掉他！他活着，我就不能跟你走。"她像发疯似的，连喊了好几遍。"杀掉他！"——这句话像是一阵狂风暴雨，直到现在还要把我一头卷进黑暗的深渊去。这么可怕的话，人怎么能说得出口呢？这么可恨的话，又有谁可曾听到过？这么……（突然迸发出一阵冷笑）听到这话，就连那强盗也大惊失色。我女人一边大喊"杀掉他!"，一边拉住他胳膊。那强盗瞪眼看着我女人，不置可否，随即一脚把她踢倒在满地落叶上。（又迸发出一阵冷笑）。那强盗冷冷地抱着双臂，看了我一眼，说："你想怎么处置这个女人？杀了她，还是放过她？你只要点头就行。要杀了她吗?"——光凭这句话，我也愿饶恕了这强盗的罪过。（再次沉默良久）

我正犹豫时，女人忽然大喊一声，跑进丛林深处去了。那强盗马上飞身扑过去，可是连衣袖也没抓着。我呆呆地看着眼前的一幕，仿佛梦幻一般。

我女人逃跑后，那强盗拾起刀和弓箭，一刀割断了我身上的绳索。记得他要离开丛林时还嘀咕了这么一句："这回该轮到我逃命咯。"之后，周围一片寂静。不，好像还有谁在哭呀。我一边解开绳索，一边竖起耳朵仔细听。——终于发现，这不正是我自己的哭声吗？(第三次陷入长时间的沉默)

我从树脚下慢慢爬起来，疲惫不堪。忽然眼前寒光一闪，原来是我女人刚才掉落的短刀。我拿起刀，一下扎进自己胸口。一团带着腥味的东西涌了上来。不过，没有丝毫痛苦。只觉得胸膛渐渐变凉，四周越发寂静。啊，这是怎样一种寂静呀！在这片后山丛林上空，连一只啼叫的小鸟都没有，只有一片苍凉的阳光洒落在竹子和杉树枝头。阳光渐渐暗淡下去。杉树和竹子都看不见了。我倒在那里，被无边的寂静所包围。

这时，有人蹑手蹑脚地走到我身边。我想抬头看他。可是，周围不知何时已经笼罩在一片昏暗之中。那个人，那个人用无形的手轻轻拔出我胸口上的短刀。顿时，我嘴里又鲜血直涌。从此，我就永远沉沦在阴间的黑暗中了……

罗生门

[日] 芥川龙之介

黄悦生 译

某日黄昏，一个仆人在罗生门下避雨。

宽阔的城门下面，除了他之外没有别人，只是在那朱漆斑驳的大圆柱子上伏着一只蟋蟀。罗生门既位于朱雀大路，按理来说，应该还有两三个头戴斗笠或黑漆帽的路人在此避雨。然而，眼下除了那仆人之外，并无其他人。

这是因为，最近两三年，京都接连发生了地震、龙卷风、火灾、饥荒等灾害，于是京城变得异常萧条。据古书记载，那时曾有人打碎佛像和法器，然后将涂着朱漆、贴着金银箔片的木头堆放在路边，当作木柴卖。京城既败落如此，那么罗生门的修缮事宜，自然就无人顾及了。于是，趁着门楼荒废，狐狸乐于在此搭窝，盗贼也住了进来。最后，甚至习惯于将无人认领的死尸都丢弃到这里。因此，每到天黑，城门就变得阴森恐怖，无人敢在附近逗留。

倒是不知从何处飞来了许多乌鸦。白天看去，数不清的乌鸦绕着高高的门楼脊瓦盘旋，边飞边叫。特别是当城门上空被晚霞映红了之时，乌鸦更是清晰可见，仿佛撒在空中的芝麻一样。当然，它们是来啄食门楼上的死人肉的。不过，今天或许是因为天时已晚，一只也见不着，只见到粘在石阶上的点点白色鸦粪。石阶到处都开始坍塌，裂缝处长出杂草来。那仆人身穿洗得褪了色的藏青色袷子，坐在七级石阶的最上面一级茫然地看着雨，心中却为右颊上长出的一颗大痤疮而苦恼。

笔者方才写道："一个仆人在罗生门下避雨。"其实，即便雨停，他也无处可去。若在往日，当然是回雇主家，可就在四五天前，他被雇主辞退了。如前文所述，当时京都城异常萧条，如今这仆人被服侍多年的老雇主辞退，实际上只不过是大萧条的小小余波而已。因此，与其说"仆人在避雨"，不如说"被大雨所困的仆人无处可去，一筹莫展"更为贴切。而且，今日的天气也使这个平安朝①的仆人增添了几分忧郁。这雨午后三时就开始下了，到现在还没见停。眼下，仆人首先必须考虑的是明日的生计问题——也就是说，在走投无路时还要想法活下去。他一边胡乱想着，一边心不在焉地听那朱雀大路上的雨声。

雨包围着罗生门，哗啦啦的响声由远而近。暮色渐深，将天空压得越来越低。抬头望去，门楼顶上斜斜翘起的飞檐正支起一片沉沉乌云。

在走投无路时还要想法活下去，那就只能不择手段了。若挑三拣四，则必饿死在路边或墙根下，然后被拖到这门楼上，像一条野狗一样被扔掉。假如不择手段，那么……仆人的思绪在同一条路上徘徊了几圈，终于来到这个关口。当然，"假如"终究只是"假如"。他虽赞同不择手段，但要将"假如"变为现实的话，那接下来自然是只能去做贼了。——他却迟迟没有勇气去肯定这一点。

仆人打了个大喷嚏，随后懒懒地站起身来。晚凉时分的京都，已经冷得需要烤火了。晚风和暮色一起肆意地从门楼柱子之间穿过，那只伏在朱漆柱子上的蟋蟀早已不知去向。

仆人缩着脖子，高高耸起内衬金黄色汗衫、外套藏青色褂子的肩膀，打量着门楼四周。他想找一个既能遮挡风雨、又能避人耳目的地方安稳地睡上一晚，先对付着过夜再说。恰巧这时，他看见了一架通往门楼上的宽宽的朱漆木梯。楼上即使有人，也只不过是死人而已。于是他迈出穿着草鞋的脚，从梯子最下一级往上爬，一边护住挂在腰间的木柄长刀，以防它滑出刀鞘。

几分钟之后，通往门楼上的宽木梯中间，有个人像猫一样蜷缩

---

① 平安朝：日本历史朝代名，794年—1192年。

着，屏息窥视楼上的动静。楼上的火光隐隐映照出他的右脸颊——脸颊上长着胡渣，当中有一颗红肿化脓的痤疮。他原本以为楼上只有死人，可是爬了两三级梯子后，发现楼上竟有人点着火，而且那火似乎还到处移动。昏黄的火光摇摇晃晃地照在挂满蜘蛛网的阁楼顶上，因此一望便知有人。雨夜里在这罗生门上点火的人，一定不是等闲之辈。

仆人如壁虎一般蹑手蹑脚地沿着陡直的梯子往上爬，终于爬到顶端，而后尽量伏着身体，伸长脖子，战战兢兢地朝门楼内张望。

只见里面有几具胡乱丢弃着的尸体，正如传闻说的那样。火光照到的范围比预想的狭窄，因此看不清有多少尸体，只能隐约看见那些尸体有的一丝不挂，有的穿着衣服。当然，其中男女混杂。他们随处乱躺在地板上，张着嘴巴，摊开胳膊，宛如用泥土捏成的陶俑一般，甚至让人难以相信他们曾经是活生生的人。而且，他们像哑巴似的永远陷入了沉默。昏暗的火光照在尸体肩膀和胸部等突起的部位，使其他低凹部位的阴影显得越发黯淡。

仆人闻到一股死尸的腐臭，不由得用手捂住鼻子。然而，接下来一瞬间，他却忘掉了捂鼻子，一种强烈的情感几乎将其嗅觉剥夺殆尽。

这时，他才看清死尸当中蹲着一个人。一个身穿红褐色衣服的老太婆，满头白发，又矮又瘦，活像只猴子。她右手拿着点燃的松枝，正在端详一具死尸的面孔。看那长发，大概是一具女尸。

仆人心中被六分恐惧和四分好奇所占据，一时间甚至忘了呼吸。那种感觉，若借用古书上的话，正可谓“毛骨悚然”。这时，老太婆将松枝插在地板缝中，随即用双手按住那具死尸的头部，就像母猴给小猴捉虱子似的一根根地拔起那长头发来，头发随手剥落。

看着那头发被一根根拔下，仆人心中的恐惧逐渐消失了。与此同时，对老太婆的强烈憎恨油然而生。——不，说“对老太婆”或不太准确，应该说是对所有恶行的反感变得越来越强烈。此刻，若有人再提起他刚才在城门下考虑的“是饿死还是做贼”的问题，想必他会毫不犹豫地选择饿死。他那嫉恶如仇的心，犹如老太婆插在地板上的松枝一样熊熊燃烧起来。

仆人固然不晓得老太婆为何要拔死人头发，因此也不知道该将其归入善抑或恶才合理。不过在他看来，雨夜跑到罗生门上拔死人头发这事情本身就已是不可饶恕的罪恶。当然，他早就忘了自己刚才曾想过要做贼的念头。

仆人双足发力，突然从梯子跳将出来。他手握刀柄，大步走到老太婆面前。老太婆自然是惊愕不已。

老太婆看了一眼仆人，犹如离弦之箭一下跃起，在死人堆里磕磕绊绊地仓皇逃窜。

“你这家伙，哪里逃!”

仆人大喝一声，拦住去路。老太婆推开他想跑，仆人却一把将她推了回去，不让她走。两人都没说话，就那么在死人堆里扭打了片刻。当然，胜负从一开始便已见分晓。仆人终于抓住老太婆手臂将她按倒在地。那手臂瘦得皮包骨头，形同鸡脚。

“你在干什么？说！不说的话，叫你尝尝这个!”

仆人一把推开老太婆，猛地拔出刀来搁在她眼前，寒光闪闪。老太婆却没答话，像个哑巴似的一声不吭，只是喘着粗气，双手瑟瑟发抖，两眼睁得几乎连眼珠子都要掉出来。见此情形，仆人才意识到老太婆的生死完全取决于自己意志，这使得刚才那熊熊燃烧的憎恨之情不知不觉便冷却下来，心中残留的，只有一种仿佛是大功告成之后的悠然自得和满足感。于是，他向下看着老太婆，语气缓和了一些：

“我只是一个刚从这门下经过的路人，不是衙门捕快，不会把你抓起来如何发落。你只需告诉我，刚才在这上面干什么?”

老太婆双眼睁得更大了，死死盯住仆人的脸。她眼眶发红，目光犹如鸷鸟的眼睛一般锐利。接着，她那皱得几乎和鼻子连在一起的嘴唇动了一下，仿佛在咀嚼着什么。细脖子上那尖尖的喉结也抖动起来，气喘吁吁地发出如同乌鸦啼叫一般的声音：

“我拔这头发呀，拔这头发呀，是想用来做假发的。”

仆人没料到她的回答竟如此平常，不由得有几分失望。与此同时，先前的憎恨与轻蔑之情又一一涌上心头。这种情绪变化，或许老太婆也觉察到了，她一只手上还攥着刚从死尸头上剥下来的长发，一边用宛如蟾蜍低鸣般的声音嗫嚅着说出以下一番话来：

“确实，拔死人头发可能挺缺德的，不过，这些死人全都是罪有应得的呀。刚被我拔头发的这个女人，她把蛇切成每截四寸来长，晒干了，然后说是鱼干，拿到禁军营去卖。要不是得瘟疫死了，现在还在干这营生呢。而且，禁军营的侍卫们都夸她卖的鱼干好吃，顿顿买来做菜。我并不觉得这个女人干的是缺德事，她是出于无奈，不然就得饿死。同样，我也不认为自己现在干的是缺德事，我也是没有办法，不干这个就得饿死呀。这个女人知道我是出于无奈，一定不会怪罪我的吧。”

——老太婆的话大意如此。

仆人将刀收回刀鞘里，左手按着刀柄，冷冷地听完这番话。当然，一边听，仍一边用右手摸着自己脸颊上那颗红肿化脓的大痤疮。听着听着，他心里鼓起了勇气。——这种勇气，正是刚才他在城门下所缺乏的，而且，与刚才他爬上门楼抓住老太婆时的勇气截然相反。他已不再为饿死还是做贼的问题而迷惘，不仅如此，此刻他早已将情愿饿死的念头抛诸脑后，一点都想不起来了。

听完老太婆的话，仆人嘲笑似的追问道：“真的是这样吗？”随即上前一步，右手忽然离开脸颊上的痤疮，一把抓住老太婆的后脖颈，咬牙切齿地说：

“那我打劫你，你也不会怪罪的咯！我要是不这么干，也会饿死的。”

仆人三两下剥掉了老太婆的衣服，见她抱住自己脚不放，便狠狠一脚将她踹倒在死人堆上。到梯口只有五步之遥，仆人将夺到手的红褐色衣服夹在腋下，一转眼便跑下陡直的梯子，消失在黑夜里。

一时气绝的老太婆瘫倒在地。过了片刻，她才光溜溜地从死人堆里爬起，嘴里发出不知是呻吟还是喃喃自语的声音，借着仍在燃烧的火光爬到梯口，倒垂着斑白的短发向门楼下张望。外面，只有深不见底的黑夜。

那仆人的去向，无人知晓。

同醉汉的谈话

［奥地利］卡夫卡

刘慧仪 译

我漫步到屋外，蓦然看到浩渺苍穹，明月当空，星光闪耀，还有那夜幕下，环形广场上高耸着的市政厅、教堂和圣母玛利亚圆柱。

我从容地从暗处走到月光下，解开外套的衣扣，热了热身；然后，举起双手，让回响着飒飒风声的夜晚沉寂下来，便开始了沉思：

“你们都像真的一样，这究竟是怎么一回事？你们是不是想说服我，使我相信自己是不真实的，还莫名其妙地站到了绿色的路面上？但长久以来，你，天空，都是真实；而环形广场，却是从未真实过。”

“不错，你们仍然是凌驾于我之上的，但这也仅限于我不去理会你们的时候。”

“谢天谢地，月亮，你已不再是月亮，但或许是由于我的粗心大意，还一直这样称呼你。可当我称呼你为‘被遗忘的散发奇异色彩的灯笼’时，你为何不再欢呼雀跃了呢？当我叫你为‘圆柱上的圣母玛利亚’时，你为何几乎就隐藏起来了呢？当叫你‘散发昏黄光亮的月亮’时，我再也看不出你吓人的模样。”

“如果有人想着你，这对你似乎没有什么好处；你的勇气会开始衰减，身体会变得虚弱。”

“上帝啊，如果沉思者能从醉汉那里学到些什么，那将会受益匪浅啊！”

“为何万物如此寂静？我确信风声已经消逝。那些像长了小轮子一样常常从广场边滚过的农舍，此刻像被完全粉碎了，只剩寂静——

一片寂静。人们甚至无法分辨那条将农舍与地面分割开来的黑线。”

我开始奔跑起来，我绕着大广场顺畅地跑了三圈，因为没有遇上一个醉汉，所以我并未减速，毫无阻碍地跑向了查尔斯大帝街。那儿总是比我小的影子也在奔跑，就像是在墙与街道的沟渠中一样，沿着墙跑着。

我跑过消防站，听到小环场上传来喧闹声。当我跑到那里时，正巧看到一名醉汉正站在喷泉的铁座边，向外伸着胳膊，穿着木屐的脚使劲跺着地。

我先停下，喘口气平静下来，然后走向醉汉，脱掉我的礼帽，向他自我介绍道：

“晚上好，尊贵的先生，我今年二十三岁，但我还没有名字。而您一定有个响亮的、值得人称颂的名字吧，而且您一定来自于巴黎那座大城市。因为，您会令人想到那散发着异常香气的、法国式的浪漫。”

“您一定已经用您那彩色的眼眸，看到了那些站在高处明亮阳台上的女士们，她们正讽刺地扭动着细腰，身上穿着的花哨长裙，就铺展在楼梯上，一直垂落到花园的沙地中。难道不是吗？那里遍地都是长竿，男仆们穿着剪裁粗糙的灰色燕尾服和白色长裤，往这些长竿上爬着。他们的两腿缠在竿子上，但躯干却倾向一边，因为他们不得不借助绳子将地上巨大的灰色幕布举起来，悬挂到夜空中，只因一位伟大的女士想要看一看朦胧的晨光。”

他突然打了个饱嗝，这把我吓了一跳。我继续说道：“您来自巴黎，那个狂风暴雨的巴黎，啊，来自那下冰雹的地方，这是真的吗？”他又打了个嗝，我更加慌张地说，“我知道，遇见您是我最大的荣幸。”

我用敏捷的手指解开衣扣，接着，热情却又有些胆怯地说道：

“我知道您不屑于回答我的问题，但如果今天我不向您问这些，那我的生活就将充满遗憾了。”

“请允许我这样问您，穿着整洁的先生，他们说的都是真的吗？巴黎人都是穿着光鲜的吗？巴黎的房子里是只有门吗？那里的天空，在夏季会呈现转瞬即逝的蓝色，上面只点缀着小小的、心形的云朵吗？还有，那里有蜡像馆吗？就是那种挤满了游客的蜡像馆，里面除了有些树，上面挂着写有最有名的英雄、罪犯和情人名字的牌子之外，再无其他？”

“还有这则消息！这是些精心包装过的谎言啊！”

“巴黎的街道会突然分开是吗？它们都不守规矩，是吗？事情不会总是正确的——这怎么可能呢！有时会发生些意外，人们大步从周边的街道聚集过来，他们的脚走得那么快，几乎都离地了；他们都很好奇，但也很怕会失望；他们都大口喘息着，伸出了小脑袋。但如果谁碰到了谁，他都会深深地鞠躬道歉，说：‘对不起，我不是有意的。这里实在是太挤了，请原谅我，我承认是我太笨了。我的名字叫杰里米·法罗什，我是卡保亭街上的杂货商。请允许我明天邀您共进午餐，好吗？我的妻子一定会特别高兴的。’这就是他们谈话的方式，而街道却早已挤满了人，烟囱里冒出的浓烟就落在房屋之间。就是这么回事。如果可能的话，两辆马车会彼此谦让地停到熙熙攘攘的林荫道上。仆人严肃地打开门，八个纯种的西伯利亚狼狗从马车上蹦下来，边吠边跳地跑到街对面，有人会说，这是八个打扮漂亮的巴黎年轻人。”

他的双眼紧闭。当我沉默时，他将两只手插到嘴里，猛地一拉下巴。他的衣服污秽不堪，他应该是刚从酒馆里被扔出来的，还不怎么清醒呢。

这也许就是在白天和夜晚间那短暂却全然安静的时刻，当你心不在焉时，你的头就耷拉在脖子上。由于你的不注意，万物都悄然停止了运动，接着它们很快就消失了。当你独自一人，弯着腰四处张望，但什么都没看到，也感受不到空气的存在，但你的内心深处会感受到，在离我们不远的地方，有一排排房子，它们都有房顶，还很有幸地有了烟囱，黑暗就从这些烟囱溜进房子，又从阁楼扩散到每个房间。所幸，令人难以置信的是，明天将会是个好日子，我们能看到万物了。

这时，醉汉凌厉地抬起了眉毛，从眉眼间射出一道闪亮的光，他断断续续地解释道：“你知道，事情是这样的，——我很困了，你看这就是为什么我想睡了——你要知道，我在圣温泽尔广场那儿有个内弟——我就是要到那儿去，因为我就住在那儿，因为那儿有我的床——我现在要走了——只是，你知道，我不清楚他的名字和住处——我猜我肯定是忘了——但这没关系，因为我都不太确定自己是不是有个内弟——你看，现在我就要走了——你相信我能找到他吗？”

我不安地回答道：“我确信您能，但您是从国外来的，而且您的仆人不在身边，所以请允许我做您的向导吧。”

他没有回答。于是，我伸出手臂，让他挽着我离开。

最后的审判

[捷克] 卡雷尔·恰佩克

虞凤文 译

库格勒是个恶名昭彰的杀人惯犯，在被大批侦探、警察追查，即使屡遭通缉，还大肆扬言永远没有人能逮住他。现在的确也没人能逮住了，因为他死了。库格勒第九次杀人是枪杀一名警察，这也是他最后一次杀人。不过警察死之前一连七发子弹击中库格勒，其中三发致命，所以库克勒几乎没感到任何痛苦便一命呜呼了，这样一来，他倒似乎逃脱了人间的正义谴责。

库格勒的灵魂飘飘乎地离开肉体，看到了另外一个世界——一个超越时空、灰色荒凉的世界，他本该感到惊讶，但是他没有。对于在两个大陆蹲过大牢的库格勒来说，这只是换个环境罢了。库格勒现在只希望如在世时一样，借由仅存的那点勇气，再次挣扎着“活”下去。

不过最终，库格勒还是没有逃脱最后的审判。

天堂办事迅速，库格勒很快就被带到三位法官面前。人间受审总会有陪审团，这次却没有。法庭装修得很简单，和人间法庭差不多，唯一的不同之处是，证人不必起誓证词属实。至于原因，请往下看。

三位法官都是年长者，一副面色严肃、神情厌倦的知名议员模样。库格勒照旧履行陈述：库格勒·费迪南，无业，生于某年某月某日，死于……这时他才反应过来，自己不知道自己死于何时。库格勒立即意识到，遗漏信息在法官眼里可是个要命的错误，他的气焰立马消减不少。

“被告，你是否认罪？”审判长问道。

“不。”库格勒斩钉截铁地回答道。

“传唤第一证人。”审判长叹息一声道。

一位绅士走到库格勒对面，他身着蓝色撒星袍，须眉皓然，身材伟岸。

这位绅士走进来，众人起立。库格勒虽极不情愿，也不由得站了起来。等绅士入座，大家方才坐下。

“第一证人，”审判长说道，“我们全能的上帝，本庭召唤您来为库格勒·费迪南一案提供证词。您代表着至高无上的真理，所以无须起誓。为确保取证过程顺利，务必请您时刻把握主题，勿偏题或提供与本案无关的细节。”

“被告库格勒，不得打断证人。上帝无所不知，因此任何否认皆是无济于事。现在，请证人陈词。”

审判长说完便摘下眼镜，找了个舒适的姿势，靠在自己面前长凳上，俨然做好一副准备好听取长篇证词的模样。最年长的那位法官早已躺下来睡着了，记录天使打开《生命之书》，开始记录。

上帝，本案的证人，轻咳一声便开始道：

“库格勒·费迪南，工人阶级之子，从小不服管束，很爱母亲，但无法表达爱，不守规矩，目中无人。年轻人，你引起了公愤！还记得有次你父亲准备打你，你是怎么咬他的大拇指的吗？你还偷了公证员花园里的一朵玫瑰。”

“那朵玫瑰是送给收税员的女儿爱玛的。”库格勒辩解道。

“我知道，”上帝说，“爱玛那时只有七岁。你知道后来她怎么了吗？”

“不知道。”

“她嫁给了工厂主的儿子——奥斯卡，但也从奥斯卡那染上了花柳病，后来死于流产。还记得鲁迪·扎鲁巴吗？”

“他怎么了？”

“唉！他加入了海军，在孟买意外身亡。你们俩是小镇上最坏的孩子。十岁之前，库格勒·费迪南偷窃成习，撒谎成性。他有一帮狐朋狗友，像格里勃就是一个靠救济生存的懒汉酒鬼。但是，库格勒经常拿来自己食物，与格里勃分享。”

审判长做了个手势，像是示意上帝刚说的与本案无关。库格勒却迟疑地问道，“那……他女儿后来怎么样了？”

“玛丽吗？”上帝说道，“她堕落了，十四岁结婚，二十岁就死了。记得她死时，你有多痛苦吗？十四岁时你就成了个酒鬼，经常离家出走。你父亲因过度自责和悲痛而死，你母亲哭得太多，眼睛都快瞎了，你成了家里的耻辱。还有你姐姐，可怜的玛莎，一直没嫁出去，因为没有一个小伙子愿意去小偷家提亲。现在玛莎还是孤身一人，生活贫穷，日日缝补到深夜。她精打细算着生活，见了顾客，卑躬屈膝，自尊心被践踏，备受折磨。”

“这会儿她做什么？”

“她正在乌尔夫店买针，你还记得那店吗？你六岁的时候，在那买了一个彩色玻璃珠。也是在那天你把那颗玻璃珠弄丢了，怎么也找不到。你还记得你那时哭得多伤心吗？”

“那玻璃珠跑哪去了？”库格勒急切地问道。

“哦，它滚进了下水道，最后掉在了排水沟里。三十年过去了，现在还躺在那儿。人间正下着雨，那玻璃珠正泡着冰冷的雨水，颤栗不已。”

听到这，库克勒颇为意外，难过地低下了头。

审判长把眼镜重新架回鼻梁，温和地说道：“第一证人，我们必须回到这件案子上，被告是否杀过人？”

上帝点了点下头。

“库格勒共杀了九个人。第一次是因为吵架，服刑期间，彻底堕落了；第二次杀了红杏出墙的爱人，被判死刑，但越狱了；第三次抢劫了一个老人，然后杀了他；第四个受害者，是一个巡夜人。”

“他死了？”库格勒惊讶道。

“是的，那个巡夜人受了三天病痛折磨才咽气。”上帝继续说，“还留下了六个孩子。第五个和第六个受害者是一对老夫妇。库格勒用斧头杀了他们，找到十六美元。这夫妇有两万美元，但是藏起来了。”

库格勒跳了起来。

“藏哪儿了?”

“草席里,”上帝说,“他们把钱放进麻袋,藏到了草席里。这对夫妇平日里贪得无厌,一毛不拔,才攒下那些钱。库格勒在美国杀了第七个人,一个走投无路、无依无靠的移民,同时也是他的同胞。”

“原来在草席里。”库格勒惊讶地喃喃自语。

“是的,”上帝说,“第八个受害者是个路人,只是不巧,正好在库格勒逃亡时挡了道。那时候库格勒脑膜炎发作,疼得神志不清。年轻人,你的确饱受煎熬。第九个,也是最后一个受害者是个警察,两人同时死在了对方枪下。”

“被告的杀人动机?”审判长发问。

“和普通杀手一样。”上帝回答道,“因为愤怒,或是金钱,既有蓄意杀害,也有意外杀人。有时候为了杀人的乐趣而杀人,有时候是迫不得已。但是库格勒慷慨热心,他疼惜女人,善待动物,重诺守信。我需要提及这些优点吗?”

“谢谢你,”审判长说,“但没有必要,被告还有什么要为自己辩护的吗?”

“没有。”库格勒坦诚而平静地回答。

“本庭将认真审理此案,待休庭合议后宣判。”审判长说完,三位法官同时离庭。

法庭上只留下两人:上帝和库格勒。

“他们是谁?”库格勒问,头一偏,示意着刚离开的三人。

“人,和你一样的凡人。”上帝答,“他们在世是法官,在这里也是法官。”

库格勒轻咬手指尖,“我还以为……我是说,我从没想过他们是法官,我还以为你才是法官,因为——”

“因为我是上帝。”上帝——这位伟岸的绅士——没等库格勒把话说完,“但我不是法官,你还没看出来吗?我知晓一切,所以我没法评判。顺便问一句,你知道这次是谁告发你的吗?”

“不,我不知道。”库格勒奇怪地问。

“是露琪,那个服务员,她嫉妒你,所以告发了你。”

“不对。”库格勒试探地问,“你是不是漏了我在芝加哥杀死的废物泰迪。”

“不，我没忘。”上帝说，“他没死，现在还好好活着。我知道是他告发了你，但是他是个好人，而且特别喜欢孩子。没有谁是一无是处的废物。”

“我还是不明白，为什么你不是法官?”库格勒似乎百思不得其解。

“因为我无所不知。如果一个法官无所不知，无所不晓，那他就会谅解所有的事，他的心会因之而疼痛。这样的人当不了法官，即使我是上帝也不能。这些法官只知道你的罪行，而我却知道你的一切，库格勒的一切，这也是我不能评判你的原因。”

“为什么这些法官要评判，为什么凡间那些人也在评判一切?”

“因为人属于人的范畴，你是天下万民的一员。如你所见，我只是个见证者。判决是由人做出的，即使在天堂上也是这样。库格勒，相信我，一切本该这样。人不会得到上帝的评判，人只能得到人的评判。”

此时，三位法官回到法庭。

审判长用沉重的语调宣判：“被告库格勒·费迪南，被控一级谋杀罪、过失杀人罪、抢劫罪、藐视法庭罪、非法携带武器罪以及偷窃玫瑰花罪，罪名成立，法庭判处被告终身监禁，立即执行。”

“下一个案子：托伦斯·弗兰克。”

“被告在庭吗?”

前进步哨

[英] 康拉德

吴俐蓉 译

一

这个贸易站由两个白人管理着。管事的叫凯伊兹，矮胖矮胖的，他的助手卡利尔却是个高个儿，头大体宽，脚却细长细长的。还有一个员工，是来自塞拉利昂[①]的黑人，他跟别人说他叫亨利·普赖斯，但是，不知出于何故，这条河下游的当地居民都管他叫马克拉。在这片国度，不管他走到哪儿，人们都这样称呼他。他会用鸟啭般的口音说英语和法语，写得一手好字，还懂得簿记。在他内心深处，却对凶神恶煞怀有敬畏之情。他妻子是罗安达的黑人，很壮也很聒噪。阳光下，他那三个孩子在棚子似的矮屋门前打滚嬉戏。马克拉不爱说话，让人很难看透。他打从心底瞧不起这两个白人。他看管这一个干草盖顶、泥土糊墙的小仓库，并声称仓库里放着的珠子呀、棉布呀、红手帕呀、铜线呀，以及其他物品的账目是对的。除了这仓库和马克拉的住所外，在这个贸易站开辟出来的空地上，就只有一座由芦苇建成的大房子。里面有三间房，四面都是走廊。中间是起居室，放着两张粗木桌子和几张凳子。另外两间是那俩白人的卧室，各有一张床架和一

① 位于非洲西部，濒临大西洋；曾是英国的保护国和殖民地，1962年独立；大多数居民是曼迪人和泰姆奈人。

顶蚊帐，这就是所有的家当。地板上满是白人的物品：没装满打开着的箱子，破烂的衣服和旧靴子，一切脏乱破旧的东西都莫名其妙地堆在这两个邋遢的人身旁。离这房子不远处，还有一个“住所”。高大的十字架歪歪斜斜地立在上面，有个人长眠于此。他目睹着这一切是怎么开始的，并计划监督着这个进步前哨的建立。在国内，他曾是个失意的画家，追求名声却不能解决温饱，经过别人大力推荐，他来到这儿了。他是这个贸易站的第一任管事。马克拉以他一贯“我早跟你说过”的冷漠神情，看着这位精力旺盛的画家因热病死在刚建成的房子里。有时，马克拉会与他的家人、账簿以及统治赤道线上土地的魔鬼独处。他和他的神明相处甚好。或许只是安抚他，神明答应会有更多的白人让他玩弄。不管怎样，大贸易公司的董事，乘着那艘带着平顶小屋、状似大沙丁鱼罐的汽艇来的时候，看到小站井然有序。马克拉依旧不言不语，勤勤恳恳的。董事将十字架插在首任代理人的墓上后，就指派凯伊兹接班，而卡利尔则担任助手。董事是个冷酷却有效率的人，喜欢时不时地但不易察觉地讲点刻毒的幽默。他对凯伊兹和卡利尔高谈阔论一番后，告诉他们在这前途无限。最近的贸易站距此大约三百英里。这将是个难得的出人头地的机会，还可以在贸易上赚到钱。对于新人，这是一种恩惠。董事的好意，让凯伊兹感激涕零。他说会尽己所能来报答这受宠若惊的信任等等。凯伊兹曾在电报局待过，知道该如何组织语言。卡利尔原是一支受欧洲列强庇护的骑兵队的军官，职位很低，他对此却没什么感觉。有佣金可拿的话，那还不错。于是，他眼光阴沉地看着那河流、森林还有似乎把贸易站与世隔绝的深邃的树木，从牙缝里咕哝着：“我们很快就会明白的。”

第二天，把几袋棉织品和几箱食物扔到岸上后，那艘沙丁鱼罐的汽艇开走了，半年内都不会再来了。董事站在甲板上，手碰帽檐，跟那两个代理人告别，他俩则站在岸边挥着帽子。在回总部的途中，董事转身对公司的一位老仆人说：“瞧这两个笨蛋。公司的人准是疯了，给我派来这对宝货。我叫他们开辟一个菜园子，建新的仓库和篱笆，还要造个栈桥。我敢打赌，他们什么都办不成，他们不知道该从哪下手。我一直认为这河边的贸易站全然没用，他俩刚好适合呆在那。”

“他们在那会磨练自己的。”那个老于世故的人微微笑着说。

“管他呢，至少我可以把他们甩开半年。”董事回答说。

眼看着汽艇转了个弯，他俩手挽着手上了岸边斜坡，走回贸易站。到目前为止，他们到这个广袤而陌生的地方还没有多久。他们待在一群白人中间，接受他们的监督和指导。虽说他们对环境细微的变化反应迟钝，但一下子被抛弃，孤立无援地面对着荒蛮之地，还是感到异常孤独。这片荒蛮之地神秘地闪烁着蓬勃的生命。这让其显得更加陌生，更加不可思议。他俩是微不足道、没啥能耐的个体，只能在高度文明的社会方能存活。很少有人明白，他们的生命、他们性格的本质、他们的能力和胆识，仅仅只是相信周遭环境是安全的一种表现而已。勇气呀，冷静呀，自信呀，情绪呀，原则呀，每一种伟大的或渺小的思想都属于群众而非个人。这群人盲目地相信法规和道德的不可抗拒，相信警察和舆论的力量。然而，一接触到这未曾开发的荒蛮之地，这原始的大自然和人，突然对心灵产生了强烈的撞击。他们感觉到与同类相隔的孤独，清楚地感受到思想的寂寞：对安全而且习以为常的事情的否定，而对危险又不寻常的加以肯定。对模糊不清、无法控制又令人恶心的事情的建议，那种让人心烦的侵扰，会刺激人的想象力，折磨智者或愚昧之人那文明化的神经。

凯伊兹和卡利尔手挽着手走着，就像孩子在黑暗中一样靠得那样近。他们感觉到了危险。他们的感觉是一样的，又不完全是不愉快的。这感觉有可能是想象出来的。他们用熟悉的语调闲聊着。“我们贸易站的位置很好。”一个说，另一个强烈赞同，口若悬河地夸大这个站的美。之后，他俩路过坟墓附近。“可怜的鬼魂！”凯伊兹说。“他死于热病吧？”卡利尔嘟囔着说，突然站住了。“什么呀，”凯伊兹不高兴地反驳说，“我听说这家伙老是在太阳底下暴晒。大伙都说，只要避开日头，这里的气候并不比国内差。听到了吗，卡利尔？我是这里的管事，我命令你不许晒太阳！”他假装开玩笑地摆出领导的架势，但他却是认真的。他想着，可能某一天他不得不埋了卡利尔，到时就剩下自己一个人了，想到这，心里不禁打了个寒战。他突然觉得，在这非洲的中心，对他而言，卡利尔比任何地方的一个兄弟还要珍贵。卡利尔理解了个中意思，行了个军礼，兴致勃勃地回答道：“长官，一切听从你的命令！”然后他放声大笑，拍了拍凯伊兹的背嚷着，“在这，我们得过得轻松些！我们只要安稳地坐收那些野蛮人送来的象牙就好了。毕竟，在这个国家还是有好处的！”他们哈哈大笑时，卡利尔在想，“可怜的凯伊兹，身体那么胖，也不健康，要是我不得不把他埋在这，是多么可怕。我敬重他。”快到走廊时，他们称呼彼此为“我亲爱的伙伴”。

头一天，他们很活跃，大部分时间都花在锤子、钉子和红色印花布上了。他们把窗帘挂起，把屋子整理得适于居住，有模有样的。他们决定舒舒服服地住下来，开始新的生活。这项任务，他们没法做到。要有效解决即使是纯物质问题，也需要比别人想象的更加冷静的头脑和足够的勇气。再也找不到比这两个人更不适合这场斗争的了。社会曾小心地照顾过这两个人，禁止他们所有独立的思想、创造力以及所有超越常规的事，这不是因为仁慈，而是社会特别的需要。他们只能在作为机器的条件下存活。如今，他们从耳朵上架着笔，或者袖子上绣着金边的人照顾孩子似的招待下解放出来了，就如同被判无期徒刑的囚犯，在囚禁多年后获释一样，不知该怎样使用这自由。他们缺少经验，不会独立思考，不知道要怎样利用他们的能力。

两个月后，凯伊兹老是说：“要不是为了我的梅里，你才不会在这看见我呢。”梅里是他的女儿。尽管他在电报局度过了幸福的十七年，但最后还是放弃了那个职位，来这为他的女儿赚取嫁妆。他妻子过世了，孩子是由他姐姐带大的。他想念那些街道、人行道、咖啡馆以及他多年的老朋友；想念他日复一日看惯了的事物；想念因熟悉事物所勾起的种种思想——一个政府职员不动脑筋、单调而又平稳的思想；他还想念政府办公室里的闲言碎语、稍稍的不和、无伤大雅的恶意以及小小的玩笑。卡利尔会说：“要是我有位好姐夫，为人老实，我就不会到这儿来了。”他离开军队后，好吃懒做，家人都不怎么待见他。一个对他很恼火的姐夫费了很大的劲，才给他在这家公司弄了个二级代理人的职位，他身无分文，不得不接受这份差事。很明显，他再也不能从亲戚那里榨到油水了。像凯伊兹一样，他也想念以前的生活，想念某个晴朗的下午，军刀和靴刺铿锵作声，想念军营里的妙语连珠以及驻防边镇的姑娘们。除此之外，他还有一些不满。显然，他受到了不好的待遇，这有时会让他感到不快。但这两个人相处得很好，都傻傻的，懒懒的。他们什么都不做，就只是享受着懒散的生活，而且还有工资拿。终于，他们感觉到了彼此间类似于相亲相爱的感情。

他们像盲人一样住在大屋子里，只知道碰到了一些东西（而且还很不全面），但却看不到事物的全貌。河流、森林以及充满生命悸动的大陆，却是空荡一片。即使是明媚的阳光也没有展现出什么可以理解的东西来。他们眼前的事物出现了又消失了，断断续续，漫无目的。这条河不知从哪来，又流往何处，就这么流经空虚。在这片空虚之中，有时还会看见独木舟。手拿着长矛的人们会突然涌进贸易站来，他们赤裸的上半身，头发乌黑发亮，佩戴着雪白的贝壳和闪闪发光的铜线，四肢矫健。他们说起话来，会发出粗暴的咕噜声，举止倒是很英武，眼神也很粗犷。他们的头领在跟马克拉做象牙交易，正在讨价还价，一谈就是好几小时。这时，武士们就一排排地蹲在走廊前，大概有四五排的样子。凯伊兹坐在椅子上，听着正在进行的商谈，却什么都听不懂。他的蓝眼睛睁得圆圆的，看着这些人，大声叫唤卡利尔："嗨，看啊！看那个家伙，还有左边那个。你见过这样的脸吗？哦，有趣的畜生！"

卡利尔用很短的木烟斗抽着本地烟，手指绕着八字胡，大摇大摆地走过来，很傲慢地打量着这些武士。

他说："很好。带骨头了吗？嗯？不要太快。瞧倒数第三那个家伙的肌肉，我才不在乎被他打一拳呢。他双臂结实，但膝盖以下的小腿就不行了。他们成不了骑兵。"很是得意地看了自己小腿后，卡利尔常常会这样说："哼！他们好丑呀！你，马克拉！把牛群赶到物神那儿去。"（每个贸易站的仓库都叫"物神"，或许是因为它含有文明的精髓）"把你存放在那儿的垃圾拿出来给它们。我情愿看到仓库满是骨头，也不愿看到满是垃圾。"

凯伊兹表示同意。

"是的，是的！马克拉先生，赶紧去结束你那边的生意吧。你准备好了，我就来称象牙。我们得小心呢。"接着，他转向他的同伴，"这部落住在下游，他们香气馥郁。我记得，他们之前住过这。你听到吵闹声了吗？在这个倒霉的国度，哪个家伙受得了呀！我头都快要炸了。”

很少有这种有利可图的拜访。这两个贸易和进步的先行者，要在烈日炎炎的强光下，连续数日望着空荡荡的院子。高高的河岸下，河水静静地流淌着，闪闪发光。河中心的沙洲上，河马和鳄鱼并排地晒太阳。一望无际的森林向四面八方延伸，包围着贸易站这块小小的地方。这里隐藏着梦幻般人生的命运攸关的复杂性，默默地沉浸在耐人寻味的静默之中。这两人啥都不懂，什么也不关心，每天就想着将他们和汽艇返回相隔开来的日子。他们的前任留下了几本破书，他们便捡起这些小说的残骸，他们从未读过这种东西，觉得很惊讶也很有趣。于是，在接下来很长的一段时间里，他们没完没了地谈论那些故事情节和人物，傻劲十足。在这非洲中心，他们结识了黎塞留[①]、达达尼昂[②]、老鹰眼[③]、高老头[④]，还有其他好多人。这些虚构出来的人物成了他们的谈资，仿佛曾是他们的朋友一样。他们低估这些虚构人物的德行，怀疑他们的动机，谴责他们的成功，对他们的表里不一感到震惊，或对他们的勇气感到可疑。一提起那些罪行，他们就满腔怒火；读到煽情或感人的段落，他们则深受感动。卡利尔清清嗓子，用军人的语气说：“扯淡!”凯伊兹圆圆的双眼却满是泪水，胖胖的脸颊微微在动，摸着光秃秃的脑袋说：“这本书太精彩了。我居然不知道这世上还有这么聪明的家伙。”他们还找到了几份国内报纸，上面用夸张的语言谈论着所谓的“我们的殖民扩张”。上面还说了很多文明人的权利和职责，教化工作的神圣；赞美那些四处奔走，将光明、信仰和贸易带到地球中黑暗角落的人的丰功伟绩。凯伊兹和卡利尔读着，思考着，开始对自己有了更好的认知。有天晚上，凯伊兹挥挥手说：“百年之后，这可能建个小镇，到时会有码头、仓库、军营，还有，还有弹子房呢，天哪，还有文明、美德以及一切东西。到时候，

---

① 黎塞留（1958～1642），法国宰相，枢机主教，政治家。

② 达达尼昂，大仲马（1803～1870）小说火枪手三部曲《三个火枪手》、《布拉热洛纳子爵》的主角。

③ 老鹰眼，美国作家库柏（1789～1851）《皮裹腿故事集》中的人物。

④ 高老头，法国作家巴尔扎克（1799～1850）《高老头》中的人物。

小伙子们会认识两个好样的，他们就是凯伊兹和卡利尔。他们是最初生活在这儿的文明人。”凯伊兹点头赞同，“想到这，确实蛮欣慰的。”他们似乎把死去的前任遗忘了。但有天早晨，卡利尔出去的时候却把十字架重新固定好。“我每次路过那，这东西总让我感觉不是很舒服，”在喝早晨咖啡时，他跟凯伊兹解释说，“它歪得太厉害了，让我很不舒服，所以我把它弄直了。我向你保证，不会再倾斜了。我双手拉着横木，它动也不动。我干得不错吧。”

有时候，高比拉会来看他们。他是附近一些村落的首领。他是土人，头发灰白，又瘦又黑，腰上系着一条白布，背上披着一块脏兮兮的豹皮。他迈着瘦骨嶙峋的腿大步走过来，拄着一根和他一样高的棍子，走进贸易站的公用室。之后，他会蹲在门口左边，就这样蹲坐着，看着凯伊兹，时不时地说着对方听不懂的话语。凯伊兹没有停下手中的活，有一句没一句，很友好地寒暄：“老人家，最近怎么样？”他们会相视而笑。这两个白人很喜欢这个让人费解的老家伙，都称他为高比拉神父。高比拉像慈父一般，看起来真的很爱所有的白人。在他看来，他们都很年轻，很相像（除了身材），让他分不清谁是谁。他以为他俩是兄弟，还长生不老。那位艺术家是他头一个认识的白人，和他关系很好。但他的死并没有动摇他的信念，因为他相信艺术家是出于某个神秘的目的而假死的，然后把自己埋掉，而其目的问了也没用。或许那是他回国的办法呢。不管怎样，这都是那个人的兄弟。他将可笑的情感转移到他们身上来了，他们又用某种方式给予回报。卡利尔拍拍他的背，胡乱地划着一根根火柴讨他开心，凯伊兹总是乐于让他闻闻装在瓶子里的氨水。总之，他们的行为举止就像躲在地下某个洞里的那个白人一样。高比拉全神贯注地看着他俩。他们和那个人可能是同一个人——或者他们中的一个是。他下不了解开这个谜的决心；他一直保持友善的态度。

这友谊所带来的结果是：高比拉村落的妇女们每天早上，呈一字型地穿过芦苇丛，给贸易站送去家禽、白薯和棕榈酒，有时还有山羊。公司从未给这个站供应充足的粮食，代理人得靠当地的供给来过活。他们借着高比拉的好意，得到了这些东西，日子过得还不错。他们中的一个会时不时地发烧，那么另一个就会无微不至地照顾他。他们不怎么把病当回事，但疾病却让他们越来越虚弱，脸色看起来也不好。卡利尔眼睛凹进去了，脾气也暴躁起来了。凯伊兹皱着眉，脸上肌肉松弛，腆着个大肚子，样子怪怪的。但由于他们一直在一起，并没有注意到彼此的容颜和性情都在慢慢地发生变化。

就这样过了五个月。

之后，某个早上，凯伊兹和卡利尔躺在走廊上的椅子，说着汽艇将要来这的事。这时，一群武装的人突然从森林里走出来，径直向贸易站走来。这个国家的很多人都没见过这些人。他们瘦高瘦高的，从脖子到脚跟都披着有穗边的蓝布，颇为古典。他们赤裸的右肩上扛着击发滑膛枪。马克拉激动不已，跑出仓库（他整天都呆在那儿）去见这些来客。他们来到院子，用沉稳却鄙夷的眼神打量着四周。他们的首领是个强势且眼神果断的黑人，两眼充血地站在走廊前，做长篇大论。他指手画脚的，突然又不说了。

他说话的语调，说那些长句子的声音里，有着某些让这俩白人震惊的东西。有点像让人想起某种不是很熟悉但却类似于文明人的言谈，听起来就像梦中有时会听到某种不可能有的语言一样。

“这是什么行话?”卡利尔惊讶地问道，“一开始，我以为这家伙要说法语呢。不管怎样，这种莫名其妙的话，跟我们听过的不一样。”

“确实，”凯伊兹回答他，“那个，马克拉，他说什么了？他们从哪儿来的？都是些什么人?”

可是马克拉就像热锅上的蚂蚁一样，急忙说，“我也不知道。他们从很远的地方来的。也许我妻子听得懂。他们可能是坏人。”

那个首领等了一会之后，朝着马克拉吼了句什么话。马克拉摇摇头。那个人环顾四周，看到了马克拉的房子，便往那边走去，接着就听见马克拉太太叽里呱啦的说话声。其他六个陌生人，悠闲地到处闲逛，在存储室门口探头探脑的，聚集在坟墓周围，貌似了解地对那十字架指指点点。他们一副很随便的样子，就像在自己家一样。

“我不喜欢这些家伙。我说，凯伊兹，他们想必是从海边来的吧，还带着枪呢。”聪明的卡利尔观察着说。

凯伊兹也不喜欢这帮家伙。他们俩头一次意识到，在这种情况下，要是发生反常的事可能就很危险；也意识到，这个世界上除了他们自己，是没有什么力量能帮他们对付反常的事了。他们不安起来，进屋去把左轮手枪装好子弹。凯伊兹说："我们必须命令马克拉，让他告诉他们天黑前必须离开这。"

这些人吃过马克拉太太给他们做的饭之后，下午时分就离开了。这个高大的女人很激动，跟来客说了很多话。她喋喋不休地说着，一会指着河流，一会指着森林。马克拉坐在一边看着，不时地站起来小声地跟他妻子耳语。他陪着陌生人穿过贸易站后面的峡谷，自己慢慢地走回来，若有所思的样子。两个白人问他问题时，他的回答却让人觉得很陌生，好像听不懂，好像忘记法语了，也好似忘记了怎么说话一样。凯伊兹和卡利尔都认为这个黑人喝了太多的棕榈酒。

他们商量着轮流看守。但到了晚上，一切看起来都那么安静平和，他们便跟往常一样休息去了。后来，他们被村子里的击鼓声惊扰，附近响起一阵深远急促的声响，远处也紧跟着响起，之后又戛然而止。不久，短促的呼救声从四面八方乱糟糟地传过来，又汇在一起，逐渐增强，变得雄浑高亢。这声音可以扩散到森林深外，轰隆隆地穿过黑夜，连续不断，由近及远。这就好像大地是一面巨大的鼓，持续不断地向苍天发出呼喊。透过这深远而又吵闹无比的声响，突然听到的喊叫声，好像是疯人院里时断时续的歌唱声，尖锐又响亮，迸发出不和谐的声调来。这有点像要冲出地面，把繁星下的安宁全部赶走。

凯伊兹和卡利尔都没睡好。两人觉得夜里听到枪声了，但不知道是从哪个方向传来的。第二天早上，马克拉不知去哪儿了，中午时分，他带着昨天来过的陌生人中的一个回来了。凯伊兹想着要接近他，他却避开了，显然是故意的。凯伊兹想不通。卡利尔刚在河边钓鱼，回来给人看他钓的鱼时说："黑人看起来躁动不安，我想知道发生什么事了。在我钓鱼的两个小时内，我看见大概十五条船划过。"凯伊兹担忧地说："马克拉今天就是为这个而变得奇怪的吗？"卡利尔建议："召集所有的人，以防有什么事发生。"

二

董事给贸易站留下了十个人。这些人跟公司签订了六个月的合同(对于月份却没啥特别的看法，而对时间也仅有很模糊的概念)，他们已经为这项进步事业服务两年多了。他们的部落在这片黑暗且悲惨大地上的一个很遥远的地方。他们没有逃跑，自然是害怕被这个国家的居民给杀掉。这一点，他们是对的。他们住在峡谷斜坡上的草屋里，那里芦苇丛生，野草遍地，就在贸易站房屋的后面。他们不快乐，想念自己国家的节日化身、法术和活人祭祀。在那，他们还有父母、兄弟姊妹、受人敬重的酋长、尊敬的法师、亲爱的朋友，以及其他一般被认为是人伦的关系。此外，他们吃不惯公司配给的大米，因为他们国家没有这种食物。于是，他们身体变差了，情况很糟糕。如果他们是其他部落的人，一定会下定决心死去的。对于某些土人，自杀比什么都来得容易，这样也能逃避生存的难题。但是，他们属于有尖牙利齿的好战部落，身体硬朗，因而傻傻地带着病痛和悲伤活着。他们很少做事，魁梧的体格因此变了形。卡利尔和凯伊兹悉心给他们诊治，却没法让他们恢复到以前那样。每天早晨，他们被召集起来，分派各种不同的任务：割草、修篱笆、伐木等等。世上没有任何力量能诱使他们进行有效的工作。实际上，这两个白人已控制不了他们了。

下午的时候，马克拉来到大房子，发现凯伊兹正盯着森林上空升起的三柱浓烟。“那是什么?”凯伊兹问道。“几个村落被烧了。”马克拉回答说，似乎又恢复了正常。接着他突然说：“我们没收到多少象牙，半年来，生意不好。你想再多搞些象牙吗?”

“想。”凯伊兹急切地说。他想着佣金很少。

“昨天来的那些人，是从罗安达来的商人。他们有很多的象牙，却没办法全部带回去。我去买点来？我知道他们的营帐在哪。”

“好呀。”凯伊兹说，“那些商人都是些什么人?”

“坏人。”马克拉若无其事地说，“他们跟人打仗，抢夺妇女儿童，他们是坏人，手里有枪。这个国家乱得很。你要象牙吗?”

“要。”凯伊兹说。马克拉一时间没说什么。然后，他看着四周，嘟囔着说："我们那些工人一点用都没有，站上乱七八糟的，先生。董事要骂人的，最好多搞些象牙，那他就没什么好说的了。"

"我也无能为力，那些人不干活。"凯伊兹说，"你什么时候把象牙弄来？"

"很快的，"马克拉说，"也许就今晚。你交给我去办，你待在屋里就好了。我觉得你最好弄些棕榈酒给那些家伙，让他们跳跳舞，高兴高兴，明天就能干好一些。有许多棕榈酒都有点发酸了。"

凯伊兹说："好的。"马克拉亲自把好些大葫芦弄到他茅屋门边。一直到傍晚，它们还在那儿。马克拉太太挨个看了看。伙计们在日落时分把它们拿走了。凯伊兹和卡利尔去休息的时候，熊熊篝火在伙计们的茅屋前燃起，他们听见叫喊声和击鼓声。一些高比拉村子的人也加入贸易站的活动来。这场娱乐活动很成功。

夜里，卡利尔突然醒来，听见有人大声喊叫，接着听见一声枪响，就一声。卡利尔跑出来，在走廊上碰到凯伊兹，他们俩都怔住了。他们去院子叫马克拉时，看见黑暗中有个身影在移动。其中一人喊道："别开枪！是我，普赖斯。"接着，马克拉走到了他们跟前。"回去，请你们回去吧。"他催促道，"你们把一切都搞砸了。""到处都是陌生人，"卡利尔说。"没关系的，我知道。"接着马克拉低声说，"好的。带象牙来了。什么都别说了，我会搞定的。"这两个白人极不情愿地回到房子，但却没有去睡。他们听到脚步声、耳语声和一些呻吟声。好像有很多人进来了，把沉重的东西丢在地上，争论了好久之后，又走了。他们躺在硬床上想，"这个马克拉真是个宝。"到了早餐时间，卡利尔睡眼惺忪地走出来，拉着大钟的绳子。每天早上，听到钟响后，站上的员工都要来集合，这天早上，却一个也没来。凯伊兹哈欠连天地出来了。他们看见马克拉从院子那头的茅屋走出来，手里端着一铁盆的肥皂水。马克拉是个文明的黑人，很爱干净。他娴熟地把肥皂水泼在他那条可怜巴巴的小黄狗身上，转过头来对着代理人的房子。他老远地喊着："伙计们昨晚全跑了。"

他们听得很清楚，也惊讶。两人同时喊道："你说什么？"之后，他们面面相觑。"我们现在可惨了。"卡利尔怒吼道。"太不可思议了！"凯伊兹嘟囔着说。"我去茅屋那边看看。"卡利尔说着，就大步走过去了。马克拉走来看见凯伊兹一个人站在那儿。

“我简直不敢相信，”凯伊兹流着泪说，“我们像照顾亲生孩子一样照顾他们。”

“他们跟着海边的人跑了。”马克拉犹豫了一会才说。

“我才不管他们跟什么人跑了呢！这帮忘恩负义的畜生。”另一个大喊着。他突然怀疑起来，严厉地看着马克拉，又问，“你是怎么知道的？”

马克拉抖了抖肩膀，看着地下。“我知道什么？我也只是猜猜而已。你要来看看我弄来的象牙吗？很多呢。你从没见过这么多的象牙。”

他走向仓库。凯伊兹机械地跟在他后面，还在想着那帮人逃走了是件多么不可思议的事。凯伊兹看到在“物神”门前的地上摆放着六根巨大的象牙。

“你是拿什么换的？”凯伊兹很是满意地打量了一番后问道。

“并不是正规的买卖。”马克拉说，“他们把象牙带给我，我告诉他们可以带走站上他们最想要的东西。这可是堆好东西，没有哪个贸易站能拿出这样的象牙。这些商人急需一些脚夫，反正咱们的伙计们在这一点用都没有。没有买卖，账本也没记录。万事大吉。”

凯伊兹快要气炸了。“什么！”他怒吼着，“你肯定是把我们的伙计卖了换来了象牙！”马克拉冷冷地站着，一言不发。“我……我要……我……”凯伊兹结结巴巴地说，“你这个恶魔！”他大喊着说。

“我尽己所能地为你和公司做事。”马克拉泰然自若地说。

“我要解雇你！我要告发你！我不会再看象牙了，我不准你碰。我命令你把这些象牙扔到河里。你啊，你！”

“你满脸通红，凯伊兹先生。在太阳底下，如果你这么激动的话，会发烧的，然后死掉，就像第一任头儿那样！”马克拉很认真地说。

他们一动不动地站着，紧张地打量着彼此，好似从相隔很远的地方费力地看着。凯伊兹打着哆嗦。马克拉所说的并没有什么特别的含义，但在凯伊兹听来，却充满了不祥的恐吓！他突然转身就往屋子那边走去。马克拉回到家人的怀抱。象牙还摆在仓库前，在阳光下显得巨大无比，价值不菲。

卡利尔回到走廊上。“他们都走了吗?”在公用室的另一头，凯伊兹压抑地问，“你一个人也没找到?”

“是的，”卡利尔说，“我发现一个高比拉的人死在茅房前，是被枪射死的。我们昨晚听到那声枪响的。”

凯伊兹快步走出来，看到他的同伴冷冷地盯着院子那头的象牙看。他们静静地坐了一会儿，之后，凯伊兹说及他那天跟马克拉的谈话。卡利尔什么都没说。中午的时候，他们吃得很少。那天，他们一句话也没说，沉默似乎笼罩着贸易站，不让他们说话。马克拉没有打开仓库，一整天都在跟孩子们玩。他直挺挺地躺在门外的草垫上。孩子们坐在他胸前，在他身上爬来爬去，这是多么温馨呀。马克拉太太像往常一样，整天忙着做饭。白人晚上多少吃得好一些。之后，卡利尔抽着烟，漫步来到仓库，在象牙前站了好长一段时间。他用脚踢踢一两根象牙，甚至想用脚尖把最大的那根提起。他的头儿在走廊上一动不动的。他回到那儿，往椅子上一坐，说道：

“我明白了！他们喝了许多棕榈酒，是你叫马克拉给他们的。然后他们睡得很沉，就被抓走了。这是个圈套，明白了吗?糟糕的是，一些高比拉的人也在那。毫无疑问，他们也被带走了。不是很醉的那个人清醒过来后，被射死了。这个国家真有意思。你现在要怎么办?”

“当然，我们不能碰它。”凯伊兹说。

“当然不能。”卡利尔赞同地说。

“奴隶制是个可怕的东西。”凯伊兹结结巴巴地说，有点打颤。

“这苦难太可怕了。”卡利尔咕哝着说，却坚信无比。

他们相信自己所说的。每个人对自己和同伴所发出的某种声音，都会尊敬地表现出顺从的样子，但对于感觉，人们真的一无所知。我们与愤怒激情交谈，我们谈论着压迫、残酷、罪行、牺牲和美德，我们认得这些词却不知其所指何意，没人知道苦难或牺牲是什么意思。也许这些幻觉的神秘目的的牺牲品知道。

隔天早上，他们看见马克拉在院子里忙着准备大磅秤来称象牙。不久之后，卡利尔说：“那个可恶的混蛋在干嘛?”他悠闲地走进院子里，凯伊兹跟在后面，他们站在那看着。马克拉不去理会。磅秤校准后，他试着把一根象牙搬到秤上去，可太重了。他无奈地抬起头，一言不发。一时间，他们三个就像三尊雕像一样，不言不动地站在磅秤边上。突然，卡利尔说：“拿着那一头，马克拉，你这个野兽！”他们一道把象牙抬了上去。凯伊兹四肢颤抖，嘟囔着说：“啊呀！哦！啊呀！”他从口袋里掏出一小张有点脏的纸和一支铅笔头。他背对着其他人，好像要做什么狡诈的事情。他偷偷地记下卡利尔大声（其实没必要）对他报出的重量。一切弄好后，马克拉悄悄对他说：“这儿阳光太毒，象牙放这不好。”卡利尔漫不经心地对他说：“我说，头儿，我还是帮他把这堆东西帮到仓库吧。”

他们正要回屋子的时候，凯伊兹叹口气说：“这事必须得做了。”卡利尔接着说：“真悲惨，可伙计是公司的伙计，象牙是公司的象牙，我们得照料象牙。”“当然，我会跟董事汇报的。”凯伊兹说。“是的，得由他来决定。”卡利尔同意这么做。

他们中午吃了一顿饱饭。凯伊兹长吁短叹的，每每提到马克拉的名字，他们总是要给它加上一个咒骂的词，这让他们良心上好过一些。马克拉给自己放了半天假，给孩子们在河流洗澡呢。那天，高比拉的人没有来贸易站。第二天，第三天，整整一个星期也没人来。高比拉的人可能都死了，被埋了起来，无影无踪，无声无息了。但是，他们只哀悼因白人魔法而消失的人，是白人把坏人带到他们的国家的。坏人走了，但留下了恐惧，恐惧一直都在。人可能会摧毁心中的一切：爱、恨、信仰，甚至怀疑。但只要他还活着，他就没法摧毁恐惧。恐惧是微妙的、可怕的、不可摧毁的，能渗入体内，影响思想，潜伏在心里，在唇边望着他挣扎的最后一口气。由于恐惧，那位和气的老高比拉拿额外的人类来祭祀所有的恶魔，这些恶魔控制着他的白人朋友，他的心很沉重。一些武士主张杀人放火，但这位谨慎的老野人制止了他们。这些神秘的人如果被激怒了，会带来怎样的祸患？这谁能预料呢。别去招惹他们，也许到时候，他们就会像第一任那样消失在泥土里。他的人必须离他们远远的，并做最好的打算。

凯伊兹和卡利尔并没有消失，而且依旧活在这片土地上。不知怎地，他们觉得这块土地越来越大，越来越空旷。让他们深有所感的，不是这个贸易站全然无声的孤寂，而是一种说不上来的感觉，那是一种内心深处某种东西丢失的感觉。那种东西能保证他们的安全，让他们的心不受荒凉的干扰。对家的想念，对像他们一样的人的怀念。那些人像他们以前那样思考和感受，这些都遁入远方，在万里无云的阳光下显得模糊不清。从周围荒野的巨大寂静中，所散发出来无助和野性似乎离他们越来越近了，用一种不可抗拒的、熟悉的却令人生厌的关切，温柔地拉拢他们，看着他们，包围着他们。

一天又一天，一星期又一星期，一个月又一个月，高比拉的村民像以前一样，每到新月都会对月击鼓高喊，但就是不到站上来。有一次，马克拉和卡利尔划着独木舟想去跟他们交涉一番，迎接他们的却是箭雨，他们只好逃命般的回到站上来。他们这次行动，在沿河一带引起了骚动。很多天以来，都可以清楚地听到喧嚣声。汽艇迟迟不见踪影。一开始，他们若无其事地闲聊着这件事，之后就有点焦虑了，再之后就垂头丧气了。事态变得严重起来，储备的东西越来越少。卡利尔在岸边抛下鱼线，可是河水很浅，鱼儿都不来了。他们不敢闲逛到离站很远的地方打猎，再说了，那密不透风的森林也没有什么猎物。有一次，卡利尔打中了河里的一头河马，但他们却没有船去把它弄过来，结果，那头河马沉下去了。后来它浮起来但又漂走了，让高比拉德尔人捞到死河马，那天恰好是国定假日。卡利尔对此有一大肚子的火，说很有必要将黑人全都杀光，这个国家才能让人待得下去。凯伊兹则不声不响、精神恍惚地过着日子，他很多时候都在看着梅里的肖像。上面是个小姑娘，披着长长的头发，颜色很浅，脸色有点难看。凯伊兹的腿肿得厉害，几乎不能走路了。卡利尔热病缠身，再也不能昂首阔步，只能踉跄着走了，可是，他仍一副满不在乎的神情，就像一个兵想起了他颇有名气的军队。他声音嘶哑，爱挖苦人，老是说一些让人不开心的话来。他称之为“跟你说实话”。很早以前，他们还算计着贸易的佣金，包括跟“这个恶劣的马克拉”做的最后一笔买卖，他们也决定对此保持缄默。凯伊兹起初还有点犹豫，因为他怕那位董事。

“他见过私底下做过比这更坏的事。”卡利尔沙哑地笑着替马克拉辩护。“相信他吧！如果你告密的话，他也不会感谢你的，他并不比你我好到哪里去。只要我们不说，谁会去说呢？这里又没有别人。”

那才是麻烦的根源！这儿没有别人。因为软弱，他们被留在这儿，孤零零的。他们日渐像一对同谋，而不是一对相亲相爱的朋友。八个月来，他们没有听到来自家里的一丁点儿消息。每个晚上，他们都说；“明天就会看到汽艇了。”可是，公司的一艘汽艇出事了，董事忙于其他的事，正在解救主河道上那些很远但很重要的贸易站。他认为那个没用的站和没用的人可以等等再说的。与此同时，凯伊兹和卡利尔边吃着没放盐的米饭，边咒骂着公司、整个非洲以及他们出生的那一天。一个人一定得尝过这样的饮食，才会发现要强行把食物咽下去，是多么让人苦恼。站上除了大米和咖啡外，真的是什么都没有了。他们喝着没有放糖的咖啡。凯伊兹郑重地把最后十五块糖和半瓶法国白兰地锁在箱子里。“以备生病之需。”他解释道，卡利尔也同意这样做。他说：“要是哪个病了，就能额外得到一点这些东西。这叫人多高兴呀。”

他们就这样等着。茂盛的草开始在院子里蔓延，钟也不再响了。日子悄无声息、慢慢地过去了，这有点让人恼火。这俩人一说话，就会大喊大叫。他们沉默着，很是痛苦，就好似沾染了他们思想上的苦楚。有一天，中午吃过米饭后，卡利尔放下杯子，不想喝，说：“岂有此理！咱们得喝一回像样的咖啡。凯伊兹，把糖拿出来！”

“那是生病用的。”凯伊兹嘟囔着说，看都不看他一眼的。

“那是生病用的。”卡利尔学他说话，“鬼扯！好呀，我生病了。”

“我比你病得还厉害，却没有拿糖。”凯伊兹心平气和地说。

“快把糖拿出来，你这个小气的老奴隶贩子。”

凯伊兹立刻抬起头看，卡利尔故意傲慢地笑着。突然，凯伊兹觉得从未见过这个人。他是谁？他对他一无所知。他能做什么呢？他心中有股无名的怒火，就好像面对着做梦也想不到的、你死我活的危险。但是，凯伊兹尽量保持镇定。

“这种玩笑太低俗了，以后不要再说了。”

“玩笑?”卡利尔从位子上站起来向前冲。“我饿了，病了。我不是开玩笑的！我讨厌伪君子。你这个伪君子，你就是个奴隶贩子，我自己也是个奴隶贩子。在这个该死的国家，什么都没有，就只有奴隶贩子。不管怎么，我今天就要喝到加糖的咖啡!”

“我不许你用那种语气跟我讲话。”凯伊兹态度相当坚决地说。

“你！什么东西呀！”卡利尔跳起来怒吼。

凯伊兹也站起来：“我是你的头儿。”他开口说，尽量控制住颤抖的声音。

“什么？”对方高喊着，“谁是头儿？这里没有头儿。这里就只有你和我，其它什么都没有。去拿糖来，你这个大肚子蠢货。”

“闭嘴。滚出去。”凯伊兹尖叫着，“我要撤了你的职，你这流氓！”

卡利尔扔过来一张板凳，瞬间凶相毕露。“你这个一无是处的家伙，接着！”他咆哮着。

凯伊兹躲在桌子底下。凳子砸到屋子里草编的墙上，接着，卡利尔想要掀开桌子。凯伊兹像一头被困的猪一样，低着头，拼了命地盲目往前冲，一下子撞倒了他的朋友。他穿过走廊，跑回自己的房间。他把门锁上，抓住他的左轮手枪，站在那儿直喘气。不到一分钟，卡利尔狂躁地踢门，咆哮着：“要是你不把糖拿出来，我一见到你就杀了你，像杀一条狗那样。一、二、三，你不干？我要你知道，谁是老大。”

凯伊兹觉得门快要塌了，便从他房间的一个当作窗户用的方洞爬了出去。这样一来，他们之间隔着整整一栋房子。可很显然，另一个没那么大的力气撞开门。凯伊兹听到他跑着绕过来了。接着，他也用发肿的腿费劲地跑起来。他抓着手枪，以最快的速度跑着，依旧搞不清楚这究竟是怎么回事。他连续看到马克拉的房子、仓库、河流、峡谷和矮树丛。绕着房子跑第二圈的时候，这些他又看了一遍，这些事物又从他眼前闪过。那天早上，他走几步就要哼一声。

他还在跑，他要跑得快一些，这样另一个人就看不到他。

于是，他跑虚脱了，绝望地想：“还没跑完下一圈，我可能就要死了。”他听见另一个人重重地摔倒在地，脚步声停了。他也站住了。就像之前那样，他在房子后面，卡利尔在前面。他听见卡利尔躺到椅子上，咒骂着。忽然，他的腿不听使唤，不由地滑倒在地，靠着墙坐着。他嘴巴干得就像煤渣一样，却满脸是汗，还有泪水。这都是怎么回事？他觉得这肯定是个可怕的幻觉，觉得自己是在做梦，觉得自己快要疯了！过了一会，他回过神来。刚才他们争吵些什么？是糖吗？

多么荒唐呀！给他就是了嘛，自己也不需要呀。接着，他顿时觉得安全了，便爬起来。可还没站稳，他有种常识性的反应，这让他再次陷入绝望当中。他想着："我现在对那个当兵的畜生让步，明天他又要恐吓我了，还有后天。以后的每一天，他会提出别的要求，作践我，折磨我，让我成为他的奴隶，那我就完了！彻底完了！几天之内，汽艇是不会来的，或许它永远都不来了。"他颤抖着，不得不再坐回地上。他浑身直打哆嗦，觉得自己不能也不想再动一下了。他彻底乱了，因为他突然发现这种处境没有结果。生死一下子变得同样困难和恐怖。

突然，他听到那个人把椅子往后推的声音，他极其灵巧地跳起来，侧耳倾听，心里有点困惑。他又得跑了！往右，还是往左呢？他听到脚步声，拿着枪往左冲去，就在此刻，两人猛地相撞，他们都高声惊呼。两人间响起很大的爆炸声，红光轰鸣，浓烟弥漫。凯伊兹什么都听不见，什么都看不见，边往后跑边想："我中弹了，一切都完了。"他等着另一人跑过来，幸灾乐祸地看着他的痛苦。他抓住一根支撑着房顶的柱子。"一切都完了。"他听到房子那头传来一阵跌倒声，好似有人被椅子绊倒一样，之后便悄无声息，也没再发生什么事。他没有死，只是觉得肩膀好像扭伤得厉害，枪也不见了。现在他手无寸铁，很是无助！他等待着命运的到来。那个人却没有任何动作。这一定是个诡计，卡利尔肯定正偷偷向这边走来！会从哪一边呢？说不定这一刻正瞄准他呢！

几分钟之后，挨过恐惧和痛苦，他决定去面对他的厄运，不管怎样，他准备投降了。他转过屋角，一只手扶着墙支撑着自己。他走了几步，差点就要晕了过去。他看见房子另一头拐角处的地上，有一双朝上的脚伸出来。那双裸露的白脚穿着红拖鞋，他觉得恶心极了。他在黑暗中站了好一会。接着马克拉出现在他面前，淡定地说："这边，凯伊兹先生。他已经死了。"他感激地哭了出来，之后便嚎啕大哭起来。过了一会，他发现自己坐在椅子上，看到卡利尔仰面朝天地躺在那儿。马克拉跪在尸体边。

"这是你的手枪吗？"马克拉站起来，问道。

"是我的。"凯伊兹说。他又赶紧补充说，"他追着要杀我。你看到的！”

“是的，我看见了。”马克拉说，“那只有一把枪。他的呢？”

“我不知道。”凯伊兹悄悄地说，他的声音忽然变得很虚弱。

“我去找找看。”另一个轻声说。马克拉沿着走廊找了一圈，而凯伊兹则静静地坐着，看着那具尸体。马克拉两手空空地回来了，站在那儿深思着，然后悄无声息地走到死者的屋子里，之后拿着一把左轮手枪走了出来。他把枪递到凯伊兹跟前，凯伊兹紧闭双眼，只觉得天旋地转。他发现活着比死还要可怕、还要艰难，因为他杀死了一个手无寸铁的人。

沉思了片刻之后，马克拉指着地上那个右眼被打穿的人，轻声地说：

“他死于病热。”凯伊兹冷冰冰地看着他。“是这样的。”马克拉若有所思地重复着他的话，跨过尸体，“我觉得他死于病热的。明天把他给埋了。”

他慢慢地走开，到他怀着孕的妻子那去。走廊上只有这两个白人了。

夜幕降临，凯伊兹坐在椅子上一动不动。他就静静地坐着，就像服了一剂鸦片一样。经历过一场情绪的风暴后，他筋疲力尽，却觉得异常宁静。一个短短的下午，他探测到了恐怖和绝望的无底深渊，如今，他找到宁静了。他觉得生活对他而言已不再有秘密了，就连死也是一样的。他坐在尸体边，思考着。他思绪活跃，有很多新奇的想法，他似乎彻底与自己脱离开来。他的旧思想、信仰、喜欢的、厌恶的、尊敬的还有憎恶的事物，最后都真实地表露出来！这显得可鄙又幼稚，虚伪又荒唐。他坐在被他杀死的人的旁边，却沉浸在新的智慧里。他和自己谈论着天下万物，头脑错乱但又有点明朗，这些情况可以在某些精神错乱的人身上看到。他忽然想起，那个死人以前一定是一头害人的野兽。他想着每天有上千的人死去，也许有几十万呢，谁知道？他想着一个人的死，不会有多大差别，不会那么重要，至少对有思想的人类是这样的。他，凯伊兹，是个有思想的人。在此之前，他一生都像其他人类一样，是许多鬼话的信徒。这些人都是笨蛋。他现在千头万绪，彻底醒悟，心中得到安宁。他领悟至高无上的智慧了！然后，他想象着自己死了，卡利尔坐在椅子上看着他。他的这种想法获得意想不到的成功，有那么一会，他也拿不准到底是谁死了，谁还活着，然而，他因想象获得的成功而感到震惊。靠着聪明才智和适时的意念，他及时地让自己没有变成卡利尔。他心脏怦怦乱跳，一想到这种危险，就全身发热。卡利尔，多么卑鄙的家伙！为了安抚他现在有点错乱的神经，这么说卡利尔并不奇怪！他想吹吹口哨。突然，他睡着了，或者是觉得自己睡着了。起雾了，不知是谁在雾里吹着口哨。

他站起来。现在已经是大白天了，浓雾笼罩着大地：四处弥漫、包围一切、悄无声息的云雾；热带早晨的云雾；萦绕着能杀死人的云雾；白茫茫的、毒气般纯净的云雾。他站起来，看着尸体，双臂举起，就像从梦幻中清醒过来的人一样，却发现自己被永久地禁锢在坟墓之中。“救救我！上帝！”

突然，一声不像是人发出的颤抖的尖叫声，像一支尖锐的标枪穿透这个悲惨陆地的白色裹尸布，接着传来三声短促而又急躁的尖叫声。过了一会，云雾席卷而来，不受干扰地穿过这令人生畏的寂静。接下来，更多的尖叫声响起，又快又刺耳，响彻云霄，就像某些被残暴的野兽被激怒时发出的嚎叫。进步从河里召唤着凯伊兹，除了进步，还有文明和所有的美德。社会召唤着他有造诣的孩子回来，照顾他，指导他，审判他，谴责他。它召唤着他回到垃圾堆上，他是从垃圾堆走远的，如此才合乎公道。

凯伊兹听到这召唤，心里很明白。他跌跌撞撞地冲出走廊。打从他俩被扔在这儿以来，这是他头一次把另一个人孤零零地留在那儿。他在迷雾中摸索着，无知地呼喊着那看不见的上苍，叫它收回它的创造物。马克拉在雾中飞奔，边跑边嚷嚷：

“汽艇！汽艇！他们看不见，他们对着贸易站鸣汽笛呢。我去打钟，你到码头上去，先生。我去打钟。”

他不见踪影了。凯伊兹站着不动，仰面望天，雾气低低地越过他的头。他四处张望，就像迷路的人一样。他看见有一个黑色的污点，漂浮在洁白的云雾中，那是个十字架形状的污点。当他踉跄地朝着这个污点走过去时，贸易站响起一阵杂乱无章的钟声，是用来响应汽艇那不耐烦的吵闹声的。

大文明公司（我们都知道文明是随着贸易而来）的常务董事第一个上岸。一上去，他就看不见汽艇了。河两边的雾气很重。贸易站上，钟声不断地响着。

董事对着汽艇大声喊着。

“没有人来接我们。兴许出了什么事，尽管他们在敲钟。你们最好也来看看。”

董事开始艰难地走上陡岸，船长和轮机手跟在后面。他们爬到上面的时候，雾淡了一些，能够看见他们的董事走在前边。突然，他们看见董事朝前跑了起来，一边回过头对他们喊道：“快跑！快到房子那儿去！我看见其中一个了，快去找另一个！”

他看见其中一个了！即使是他这种饱经沧桑事故的人，看到这一幕，多少还是没法淡定的。他面对着凯伊兹站着时，在自己口袋里掏摸着（一把刀子）。凯伊兹是用一根皮带吊在十字架上的。显然，他爬上了这座又高又窄的坟墓，把皮带的一端系在十字架的横木上，然后把自己荡出去了。他脚趾离地只有二英寸，双臂笔直地下垂着，好似他僵硬地站在那儿，但他那半边发紫的脸颊已经滑稽地靠在肩膀上了。大不敬的是，他那发肿的舌头吐向那位常务董事。

我们选择的道路

[美] 欧·亨利

刘 洋 译

“落日特快”行至图森以西二十英里，在一处水塔旁停车加水。这趟快车可谓赫赫有名。这次停站，车头除了加足了水，还惹上了些祸害。

就在烧炉工把水管放下来时，鲍勃·蒂德博尔、“鲨鱼”多德森以及有四分之一克里克印第安血统的大狗约翰趁机爬上了车头，三人拔出身上带的家伙，将圆滚滚的枪口对准司机。一想到这种阵势可能导致的下场，司机可吓得不轻，他高举着双手，仿佛在说：“不会吧!”

团伙头子“鲨鱼”多德森一声令下，司机便下了车，将前面的引擎车头跟后面的车节断开。接着，大狗约翰往煤堆上一蹲，饶有兴致地端着两支枪，一支对准司机，另一支对准烧炉工，指示他们把车头开出五十码，然后在那里待命。

“鲨鱼”多德森和鲍勃·蒂德博尔根本瞧不上那些低等矿石。千辛万苦而来，就为这点破东西实在犯不上。于是两人便直奔车上的富矿。他们发现，货运员居然还天真地认为“日落特快”上除了添加了清水之外，已经再无加载任何危险品了。鲍勃举起六响手枪的枪托，把这个念头从他脑袋里砸了出去；而“鲨鱼”多德森也已经用炸药轰开了快运车厢的保险柜。

柜子炸开，里面居然有三万块之多，而且全是金币和现钞。乘客们漫不经心地把头探出窗外，想看看雷云滚滚在何方。列车员急忙去拉铃索，然而它却软绵绵地落下，毫无反应。“鲨鱼”多德森和鲍勃·蒂德博尔把收获的战利品塞进一口结实的帆布口袋，跳下快运车厢往车头跑。由于脚上蹬着高跟的马靴，两人跑起来一步三晃。

司机窝了一肚子火，不过倒还算识时务。他乖乖按照命令，驾驶车头快速驶离动弹不得的列车。然而在此之前，被鲍勃·蒂德博尔一击就范的货运员已然清醒。他抓起一把温彻斯特来复枪，跳下车厢加入了战群。稳坐煤车的大狗约翰先生无意中错走一步，成了货运员命中的目标。子弹球恰好钉进两片肩胛骨之间。这位克里克骗子一头栽在地上，使得两个同伙每人多得了六分之一的战利品。

车头开到离水塔两英里的地方，司机听命刹车。

两个强盗一脸得意地挥手道别，接着便冲下陡坡，钻进铁道边的密林。在密林中横冲直撞了五分钟后，他们来到一片相对开阔的林地。一挂低矮的树枝上拴着三匹马。一匹是给大狗约翰准备的，不过他是没工夫再骑了。强盗们卸去它的马鞍和缰绳，还它自由。两人跨上另外两匹，把口袋横在其中一匹的鞍桥上，一路小心翼翼、快马加鞭地穿过树林，进入一条原始荒凉的峡谷。在这里，鲍勃·蒂德博尔的马在长满青苔的岩石上打了滑，摔伤了前腿。他们立马朝它的脑袋开了一枪，然后坐下来商量如何继续逃跑。一路上两人所选的路线曲折迂回，尚且没有危险，所以时间也不是十分紧迫。即使是最迅速的追击队，要赶上他们也要跑上数英里，花上几个钟头。“鲨鱼”多德森的马已经被松开缰绳。它喘着粗气，在峡谷的小溪边心满意足地吃着青草。鲍勃·蒂德博尔把口袋打开，掏出两把整齐捆好的钞票和一包金币，乐得像个高兴的小孩。

“我说，你这个双料强盗，”他兴高采烈地朝多德森大叫，“你说咱们准能成——你有搞金融生意的头脑，在亚利桑那所向无敌。”

“鲍勃，你没牲口骑可怎么办？咱们可不能在这儿久留。不等明早天亮，他们就会追上来。”

“哦，我想你的那匹小马驮着两个人还是能跑一阵的，”鲍勃乐观地回答。“路上一见到牲口，我们马上再弄一匹。老天，咱们可是捞了一大笔，对吧？依钱上的标记看，足足有三万块——一人一万五呐！”

“比我预计得要少，”“鲨鱼”多德森说着，用鞋尖轻轻踢了踢那一捆捆的钞票，忧虑地盯着他那匹跑累的牲口汗水涔涔的马肋。

“老博利瓦都快累垮了，”他慢吞吞地说，“真希望你那匹栗色马没受伤。”

“我也这么想啊，”鲍勃干脆地说，“不过这也没办法。博利瓦脚力好得很——肯定能把我俩驮到能换坐骑的地方。该死，鲨鱼，我老忍不住想，真怪了事儿了，你一个打东边来的家伙，干起这种亡命徒的勾当居然比我们这些西部人还厉害。你到底是东部哪里来的？”

“纽约州，”“鲨鱼”多德森说着往石头上一坐，嘴里嚼着根树枝。“我生在阿尔斯特县的一个农场里，十七岁的时候从家里跑出来。来西部完全出于偶然。我背着一包衣服，沿着公路想走到纽约，去那儿赚大钱。我觉得我能干成。一天傍晚，我来到一个岔路口，不知该选哪一边。我琢磨了半个钟头，然后决定走左边。那晚碰上个在各个小镇流动演出的西部戏班子，我便跟他们一起一路向西。我常常想，如果当时选了另一条路，会不会成为另一种人。”

“唉，估计最后还是一样，”鲍勃轻松的语气中带着几分哲理，“我们成为什么样的人并非由选择的道路决定，而是内在的本质说了算。”

“鲨鱼”多德森站起身，靠在一棵树上。

“我真是希望你那匹栗色马没受伤，鲍勃，”他又说了一遍，话中几乎带着悲伤。

“我也一样，”鲍勃赞同，“他可真是一等一的好马。不过有博利瓦在呢，它肯定能载我们渡过难关。我看咱们也该走了，对吧，鲨鱼？我把钱装好，咱们去找更好的藏身地吧。”

鲍勃·蒂德博尔把钱重新装进口袋，用绳子把袋口勒紧。等他抬起头来，眼前最显眼的——莫过于“鲨鱼”多德森那四五口径的枪口。那杆枪稳稳地直指着他。

“别开玩笑了，”鲍勃咧了咧嘴说道，“还得赶路呢。”

“别动，”鲨鱼说，“你就不必赶路了，鲍勃。我不得不告诉你，咱俩之中只有一个人有机会逃走。博利瓦已经累坏了，驮不了两个人。”

“鲨鱼多德森，你跟我已经搭档三年了，”鲍勃平静地说，“咱们一起出生入死那么多次，对你我也一向公道，我以为你是条汉子。尽管之前也听说些风言风语，说你会耍阴杀人，可我从来都不信。如果你是跟我开玩笑，鲨鱼，那就把枪收起来，咱们骑上博利瓦跑路。如果你真要开枪——那就动手吧，你这黑了心的小畜生！”

“鲨鱼”多德森一副极为悲伤的神情。“你根本不明白，鲍勃，”他叹了口气，“你那匹马伤了，我有多难过。”

瞬时间，多德森的脸孔变得冷酷凶残，渗透着无尽的贪婪。一时间，他本性毕露，如同外表体面的房屋窗子里露出的凶恶面孔。

没错，鲍勃·蒂德博尔再也不能跑路了。那位假情假意的朋友致命的一枪响彻山谷，石壁间震荡起义愤的回音。而博利瓦——那个浑然不知的同谋，驮着“日落特快”劫案的最后一名盗贼飞驰而去，不必再受累地“一骑驮两人”。

可就在“鲨鱼”多德森疾驰之时，树林似乎渐渐从眼前淡去；右手的枪变成了红木椅子的弯曲扶手；马鞍也装上了奇怪的垫子。他睁开双眼，看到双脚并非踩在马镫上，而是安稳地搭在橡木桌的边缘。

告诉你吧，睁开眼睛的是多德森——多德森-德克尔公司的大老板、华尔街经纪人。机要秘书皮博迪站在他的椅子旁边，犹豫着要不要开口。楼下传来嘈杂的车轮声，电风扇也嗡嗡作响，搞得人昏昏欲睡。

“呃哼！皮博迪，”多德森眨眼说道，“我准是睡着了。我做了个顶奇怪的梦。你有什么事？”

“特雷西-威廉姆斯公司的威廉姆斯先生在外面。他是来结清 X. Y. Z. 那笔股票账目的。这次他亏了一大笔，先生，您还记得吧？”

“是啊，我记得。话说 X. Y. Z. 股票今天什么行情？”

“一块八毛五，先生。”

“那他就照这个价付账。”

“恕我冒昧多言，”皮博迪惶恐地说，“我刚同威廉姆斯先生聊过。他是您的老朋友，多德森先生。况且您基本上垄断了这支股票。我想您也许——就是说，我想您兴许不记得，当初他卖给您的价钱是九毛八。如果按照市价结算，那他只有倾家荡产才能付清。”

瞬时间，多德森的脸孔变得冷酷凶残，里面依然渗透着无尽的贪婪。一时间，他本性毕露，如同外表体面的房屋窗子里露出的凶恶面孔。

“他就得按一块八毛五结清，”多德森说，“博利瓦驮不动两个人。”

伊尔[1]的美神[2]

［法］梅里美

陈　龙 译

---

① 伊尔，法国东比利牛斯省的一个小城，位于法国南部与西班牙交界处。

② 美神，此文中 Venus 一词即是希腊神话中的爱与美之神阿佛洛狄忒，在罗马神话中名为维纳斯（音译），拉丁语中的“金星”和“星期五”都来源于她的罗马名字。在翻译中，我在多数地方都说成维纳斯，而不径称“美神”，这主要是考虑维纳斯是一个更具象和通俗的说法，因此特地用来代指小说中的那尊雕像；而题目中的“美神”则更偏重于一种艺术中“美”的理念和精神性概念。

但愿这雕像博爱而仁慈，
因为她与常人一般无异。

——吕西安[1]

我正顺着卡尼古山脉[2]的最后一个斜坡往下走，尽管太阳已经落山了，我仍然能辨别出下面的平原，以及小镇伊尔的房屋群落；此刻我正朝着这个地方走去。

“不用说，”我对那个从前天起给我做向导的加泰罗尼亚人说，“你一定知道贝荷奥哈德先生住在哪里咯?”

“当然了，”他大叫起来，“我熟悉他的家就像熟悉我自己的家一样。要不是天太黑，我就能指给你看。那可是伊尔最豪华的房子。贝荷奥哈德先生，他很富有，而且他为他的儿子迎娶了一个比他还富有的媳妇。”

---

① 吕西安，原文西希腊文，这两句译文引自张冠尧先生，见人民文学出版社《外国中短篇小说藏本：梅里美》，2010 年，本文其他地方注释也对张冠尧译注有所参考；吕西安，公元二世纪希腊作家，文笔尖锐，讽刺深刻，使人回味无穷，著有《神的对话》、《死人的对话》等，引文出自其作品《爱说谎话的人》第十九章。

② 卡尼古拉山脉，位于法国南部东比利牛斯省，属于比利牛斯山系。

"婚礼不久就要举行了吗?"我问他。

"不久?我估计这会儿婚礼的小提琴已经整弦待发了。也许是今晚,明天或者后天,我不确定。婚礼会在皮尤伽黑举行,因为儿媳妇是一位皮尤伽黑的小姐。一定让你大开眼界,我敢保证。"

我的朋友 P. 先生将我介绍给贝荷奥哈德先生。别人事先已经告诉我,他是一位学识渊博的古文物研究专家,为人和蔼,富于魅力。他会很乐意带我游览周围十法里以内的历史遗迹。因此我正指望他带我参观伊尔的郊区,我知道那里拥有丰富的中世纪纪念碑。这场我头一回听说的婚礼,打乱了我的全部计划。

我想,人家正在办喜事,我会成为一个不速之客。可是 P. 先生已经宣布我要来,人家正在等我,我不得不去拜访。

当我们下到平原上的时候,向导说,"赌一支雪茄,先生,我能猜出你要去贝荷奥哈德先生家里做什么。"

递给他一支雪茄,我回答说,"这不难猜。在这个时辰,一个在卡尼古山脉连续走了六法里[①]的旅人,最要紧的事情当然是吃上一顿晚饭了。"

"是的,但是明天呢?我打赌你来到伊尔是为了看那尊神像。我一看到你在塞拉波纳[②]给圣徒们画肖像,就猜出来了。"

"神像!什么神像?"这个词激发了我的好奇心。

"什么!在佩皮尼昂[③]的时候没人告诉你贝荷奥哈德先生在地里发现了一尊神像?"

"你是说一尊陶制雕像?"

"不是。是一尊铜像,铜多得足够制造一箩筐大硬币了。她跟教堂的大钟一般重。深埋在一棵橄榄树的树根底下,我们在那儿发现了她。"

---

① 法里,一法里约合 3 英里,4.8 公里。

② 塞拉波纳隐修院,遗址在山里,距伊尔十二公里。

③ 佩皮尼昂,法国南部城市,东比利牛斯省首府。地处鲁西荣平原的泰河畔,东近地中海岸。历史可追溯至罗马帝国时代,曾属西班牙,1659 年归法国。

“发掘的时候你在现场?”

“是的，先生，两个星期以前，贝荷奥哈德先生让吉恩·科尔和我一起把一棵老橄榄树连根拔起，它在去年的冰冻中给冻死了，你知道，那时的气候非常糟糕。干活儿的时候，吉恩·科尔非常卖力，使足浑身的劲儿，用尖嘴镐挖土，我听见‘嗙’的一声——好像他敲了一下大钟，我就说，什么声音？我们挖呀挖呀，就出来了一只黑不溜秋的手，就像一只死尸的手，从土里伸出来。我给吓了个半死。赶忙跑去禀报贝荷奥哈德先生，我对他说，‘有死人，东家，在那棵橄榄树下面！一定要去喊神父过来。’”

“‘什么死人?’他对我说。他过来后，一看见那只手就大喊‘一件古董！一件古董！’你可以想象，他就像是发现了一件珍宝。于是他亲自手持尖嘴镐，几乎和我们两个一样，努力地挖土。”

“最后你们挖出了什么?”

“恕我直言，先生，一个几乎半裸的黑女人。她是全铜的。贝荷奥哈德先生告诉我们，这是个异教徒时代的神像——查理曼大帝[①]时代。”

“我知道它是什么了，——是一个摧毁的女修道院里的青铜圣母像。”

“圣母像！要是个圣母像的话我早就认出来了。是个神像，我告诉你；从她的表情你就可以看出来了。她用一双白色的大眼睛盯着你——她就像要把你看穿似的。真的是这样，要是一直盯着她看，每个人都会不由自主地垂下眼睛。”

“白色的眼睛？毫无疑问它是镶嵌在青铜里的。可能还是某个罗马雕像。”

“罗马！就是的。贝荷奥哈德先生说它是罗马的。哦！我看您跟他一样是一位饱学之士。”

“她是完整的吗，保存完好吗?”

---

① 查理曼大帝，法兰克王国加洛林王朝国王，神圣罗马帝国的奠基人。他英勇善战，在行政、司法、军事制度及经济等方面有杰出的建树，并大力发展文教事业。他引入了欧洲文明，他被后世尊称为“欧洲之父”。

“是的，先生，她完好无缺。是个健美端庄的雕像，做得比市政厅里那尊彩色石膏的路易·菲力浦[①]半身像还要好。尽管如此，那神像的脸却让我不大高兴。她有一副很凶的表情，——而且，怎么说呢，她很邪恶。”

“邪恶！她对你做什么了？”

“倒没对我做什么；但问题不在这儿。我们使尽浑身气力，把她拉了起来，贝荷奥哈德先生也抓住绳子用力拉，尽管他其实手无缚鸡之力。费了九牛二虎之力，我们终于把她立了起来。我找来碎瓦片垫底，谁知她呼啦一声，往后跌倒。我大喊，‘小心啊！’可稍一迟疑，吉恩没来得及抽回他的腿。”

“腿受伤了？”

“像根小嫩枝一样断了。我一看，不禁怒上心头，举起我的尖嘴镐就要把那雕像砸个稀巴烂，谁知贝荷奥哈德先生阻止了我。他给了吉恩·科尔一些钱，但不济事，两个星期过去了他仍然躺在床上，而且医生说他那条腿再也不可能走得跟另一条一样好了。真是可惜了，他可是我们这儿最好的送信人啊，而且，这对贝荷奥哈德先生的公子——贝荷奥哈德·阿方斯先生也是一个损失，我告诉你，阿方斯是我们这儿最棒的网球运动员，科尔以前经常陪他打球。看他们来回击球实在是一件美事。啪！啪！他们几乎脚不沾地。”

这样一边闲聊着，我们就走进了伊尔，我很快就被带到了贝荷奥哈德先生面前。他是个小老头儿，精神依然矍铄而活跃，有一头粉末状的头发，一个红鼻子，一副快活、爱开玩笑的神态。在打开 P. 先生的引荐信之前，他安排我坐在一张菜肴丰盛的饭桌前，把我介绍给他的妻子和儿子，称我是一位著名的考古学家，我的光临将使鲁西荣[②]这一博学之士饱受冷落的蛮荒之地重焕生机。

再没有什么比山区清新的空气更能让人食欲大增的了，我痛快地

① 路易·菲力浦，法国大革命期间的进步将领，1830 年 8 月加冕为法国国王。

② 鲁西荣，前加泰罗尼亚伯国的一个伯国，大致相当于今天法国南部的东比利牛斯区，盛产甜酒。

吃着饭菜，一边仔细观察我的居停主人们。我已经对贝荷奥哈德先生做了描述，我必须补充一点，他是一个性格活泼的人。他正谈着话，就站起来，跑进他的图书馆，给我带来一大摞书，向我展示雕刻品，而且几乎同时为我的酒杯斟满。他从没有安静坐定超过两分钟。他的妻子有些偏胖，就像大多数加泰隆[1]人过了四十岁之后那样。她看起来是个典型的外省女人，唯一的工作就是操心家务。尽管晚餐已经足够至少六个人吃的了，她还是到厨房忙前忙后，杀鸽子，炸玉米面包，我不知道她打开了多少罐蜜饯。很快，桌子上就摆满了杯盘瓶碗，就算我把桌子上每样菜肴抽取一点来吃，我也非撑死不可。然而每当我谢绝一道菜肴，他们都一再道歉。他们怕我不喜欢伊尔。外省资源是那么匮乏，巴黎人当然要苛求了。

父母在屋里屋外忙前忙后时，贝荷奥哈德·阿方斯先生则像一方界碑一样稳坐不动。他是一个二十六岁的高个子年轻人，容貌整洁而英俊，但是缺乏表情。他的身高和运动员体格与乡党邻里赋予他的英勇网球手的名声正相符合。

那天晚上，他穿着优雅的服装，也就是说，他是完全照着最近一期《时尚杂志》的时装图样来打扮自己的。但在我看来，他这样穿着衣服显得有些拘谨不安；他套在天鹅绒衣领里，像一根桩柱一样僵直，只能让身子挺在那儿。与他的服装形成鲜明对比的，是他晒出黑斑的大手和粗糙的指甲。那是从精致的男服袖子里伸出来的劳动者的双手。另外，尽管他带着巨大的好奇心从头到脚打量我，试图在我身上发现巴黎人的特质，整个晚上他也只和我说了一次话，就是问我的表链在哪儿买的。

晚餐接近尾声的时候，贝荷奥哈德先生对我说：“哈！我亲爱的客人，你在这儿有我照顾。不带你到各处看尽我们山里的稀奇玩意儿，我是不会让你走的。你必须学着了解我们鲁西荣，替它说句公道话。你想都想不到我们会给你看些什么，腓尼基，凯尔特，罗马，阿拉伯，拜占庭等等的文物古迹；从雪松的峰顶一直到神香草的平原，

① 加泰隆，一个西南欧的民族，主要分布在西班牙东北部的加泰罗尼亚和巴伦西亚，语言为加泰隆语。

你应该好好看看它们。我会带着你到处游览，一块石头也不会让你错过。”

一阵猛烈的咳嗽迫使他停下来。我趁此机会向他表达，时逢家族盛大吉日，冒昧打扰，不胜内疚。要是他给我提供一些短途旅行的良好建议，我独行即可，不必烦他陪伴。

“哈！你是说犬子的婚礼啰，”他打断我的话，大声说道，“小事一桩，无甚大碍，婚礼后天就办完了。你和我们一起参加婚庆，就跟家里人一样。新娘正为她的一个姑妈服丧，她是她的嗣女。因此，不会举行庆祝活动，没有舞会。这倒挺可惜的，不过你想必已经看过我们加泰隆舞蹈了。她们可都是美人儿啊，没准儿你还想学学阿方斯的样子呢。常言道，好事成双。年轻人一结婚，我就自由了，我们就可以动身了。让你参加我们穷乡僻壤的婚礼实在过意不去，还请见谅。对于一个巴黎人来说，休闲娱乐自然令人厌倦——更何况是一场没有舞会的婚礼。当然你还会看到新娘——一个新娘子——好吧，你会告诉我说，你觉得她怎么样。但是你是个学者，不会在乎那些个娘们儿。我有更好的东西要给你看。你会发现一些什么的。其实，明天我给你准备着惊喜呢。”

“老天啊！”我说，“家有奇珍而不为外人所知，却是件难事。我想我已经知道那个为我预备的惊喜了。不过，要是你说的是你那尊雕像，那么我的向导已经给我做过描述了，它大大激发了我的好奇心，我拭目以待。”

“哈！他已经跟你说过那尊神像了，他还把我美丽的维纳斯说成是土耳其人……但我告诉你全不是那回事。明天你就能在大白天里看到她了。我认为那雕像是一件杰作，你看我到底对不对。你来得正是时候。上面有一些铭文，我这个可怜的无知粗人，会以我自己的方式向你解释的；但是你，来自巴黎的饱学之士，或许会嘲笑我的解释；因为事实上，我已经写了一篇关于它的论文，——我，一个外省的老文物研究者，已经启动了我的学术计划。我希望将它印刷出版。如果你愿意屈尊赏读，并做出修正，我或许有些希望。比方说，我很想知道，你怎么翻译雕像基座上的这个铭文：CAVE。但是不急于一时！等明天再说吧。今天我们不再谈维纳斯了。”

“你说得对，贝荷奥哈德，”他的妻子说，“丢掉你的神像吧。你没看见你妨碍了我们客人用餐吗？你应该清楚，人家在巴黎见过比你那个更漂亮的雕像。在杜伊勒里宫[①]有成群的雕像，都是青铜做的。”

“你真是个十足无知的外省女人！”贝荷奥哈德先生打断她。“拿一件令人钦佩的古董和库斯图[②]平淡无奇的古董作比较，还有这念头！

‘我的女主人谈到神灵的时候是多么不敬啊！’[③]

你知道吗，我的妻子想让我把那尊雕像熔掉，再铸成一口教堂大钟。这样她就可以成为教母[④]。想想看多荒唐，先生，熔掉一件米隆[⑤]的杰作！”

“杰作！杰作！她是一件迷人的杰作！把一个人的腿都砸断了。”

“夫人，你看到了吗？”贝荷奥哈德先生语气坚决地说，把一条穿着花条纹丝袜的右腿朝她伸去。“要是我的维纳斯砸断的是我的腿，我绝不后悔。”

“仁慈的上帝！贝荷奥哈德，你怎么能这么说！还算幸运，那个人现在好些了。但是那个雕像造成了这么大的灾难，我再也不会看她一眼。可怜的吉恩·科尔！”

“被维纳斯所伤，先生，”贝荷奥哈德先生哈哈大笑着说，“被维纳斯所伤，倒霉蛋还抱怨连天！

---

① 杜伊勒里宫，十六世纪建造的法国王宫，位于塞纳河右岸。法国大革命时期路易十六、拿破仑一世、路易十八、查理第十都曾在此居住。1871年被焚毁。

② 库斯图，库斯图家族是十八世纪上半期法国雕塑艺术中影响最大的雕刻家族，纪尧姆·库斯图是当时最伟大的雕刻家之一，曾为法国王室服务。

③ 模仿莫里哀喜剧《昂分永垂》第二幕第二场的诗句。

④ 教母，在基督教洗礼仪式中，为受洗儿童作保护人的女性，教导受洗者宗教知识和教徒生活。男性则称为教父。现代社会已经很少使用该词。

⑤ 米隆，公元前五世纪希腊雕刻家，被认为是希腊古典艺术时期的开创者，“掷铁饼者”是其代表作。

‘你不懂得美神的恩惠。’[①]

还有谁被维纳斯伤过?”

阿方斯先生的法语比拉丁语好，一双眼睛闪烁着，带着狡黠的神色看着我，好像在问，“你呢，巴黎人，你懂了吗?”

晚餐终于结束了。我一个小时以前就不吃了。我有些疲倦，难以掩饰地频打呵欠。贝荷奥哈德夫人首先注意到了，建议说该上床睡觉了。然后便是膳宿条件不好请求原谅之类的谦辞。什么这里不像我在巴黎有那么好的条件，来到外省就是事事麻烦，对鲁西荣人应该多多海涵，不一而尽。尽管我一再声明，经过在山区的长途跋涉，就是一堆稻草在我看来也是一张舒适的卧榻，但他们一再恳求，要是没有如他们所愿地招待周到，还请我多多原谅山区的人们。

跟着贝荷奥哈德先生一起，我终于登上了楼梯，前往他们为我安排的房间。楼梯的上半部分是木头的，尽头是一间中央厅堂，厅堂两旁设着几个房间。

“右边,”我的居停主人说，“是我打算给未来的阿方斯夫人的新房。你的房间在走廊的另一头。你明白,”他以一种诡秘的神色补充说，——“你明白新婚夫妇应该单独居住。你在房子的一头，他们在另一头。”

我们走进一间精心布置的房间，房间里首先吸引我眼球的东西就是一张七尺长、六尺宽的床，床高得一个人必须借助椅子才能爬上去。

我的居停主人指示给我床铃在哪儿，确认糖罐和放在卫生间架子上的古龙香水瓶是满的，又问了多次还缺少什么，最后向我道了晚安，才终于离去。

窗户关着。脱衣之前，我打开一扇窗户，在一顿漫长晚餐之后，呼吸着令人愉快的夜晚空气，实在是美妙至极。面对我的是卡尼古山脉。它总是那么宏伟。我能看见，在那个美好的夜晚，华美的月色照亮了群山，那一定是世界上最美的山峰。我久久注视着它那不可思议

---

① 原文系拉丁语，源出公元前一世纪拉丁诗人维吉尔的史诗《埃涅阿斯纪》。

的剪影，正要关上窗户时，忽然注意到，那座雕像就矗立在离房子大约十二码[①]的院子里。她被放置在一排树篱的角落里，那儿有一个巨大完美的四方形院落被树篱分割成一个小花园，我后来知道那个院落是镇上的网球场。这块土地本是贝荷奥哈德先生的财产，在他儿子的怂恿下捐给了当地教区。

因为距离太远，我无法分辨出雕像的姿势，只能大致判断她的高度，看起来她高约六尺。这时，镇上的两个流氓用俏皮的鲁西荣山区曲调吹出口哨：《火焰山》。他们跨过网球场，接近树篱，停下来看着雕像，其中一个甚至对着她破口大骂。他用加泰罗尼亚语[②]说的，但我在鲁西荣地区待的时间够长了，能很好地理解他说的话。

“原来你在这儿，你这个婊子！（加泰隆语比这还要粗暴得多。）你在这儿！”他说，“就是你砸断了吉恩·科尔的腿！要是你属于我，我一定打断你的脖子。”

“呸！用什么打？”另一个年轻人说，“她可是铜做的，硬得很，艾蒂安想用锉子锉她，结果连锉子也给弄断了。她可是异教徒时代的青铜啊，比什么东西都硬。”

“如果我现在手里有凿子（他似乎是一个钳工学徒），我会立刻剜出她的大白眼珠子，就像从杏核里取出一粒杏仁。那里边的银子可是值一百多个苏[③]啊。”

他们走了几步，准备离开。

“我必须向神像道声晚安。”学徒中较高的那一个突然停下来说。

他弯下腰，可能捡了一块石头。我看见他甩出胳膊，扔出什么东西。青铜上发出“嗙”的一声，那学徒立即发出一声疼痛的哭喊，抬手按住头，哇哇大叫起来。

“她冲我扔回来了！”他大喊道。

这两个淘气鬼一溜烟地跑了。很明显，那块石头从金属上反弹回

---

① 码，一码约等于 0.9 米。

② 加泰罗尼亚，西班牙的一个自治区，位于伊比利亚半岛东北部，首府为巴塞罗那，方言为加泰罗尼亚语。

③ 苏，法国辅币名，今相当于 1/20 法郎，即 5 生丁。

去，惩罚了那个胆敢欺侮女神的无赖。

我痛快地笑了笑，关上了窗户。

“又一个被维纳斯惩罚的汪达尔人[①]！但愿所有破坏我们历史文物的人都脑袋开花！”怀着这样的仁慈祈愿，我睡着了。

醒来时，天色已经大亮。床的一边站着身穿晨衣的贝荷奥哈德先生，一个由他妻子派来的仆人手里端着巧克力杯子站在另一边。

“快，快，你这个巴黎人，快起来！京城的人就是这么赖床！”我慌慌张张穿衣的时候，我的居停主人说。“已经八点了，你还在床上！我六点钟就起床了。这是我第三次来到你的房间了。我踮起脚尖走上前来一看：没有，一点醒来的迹象都没有。你这样的年纪睡太多的觉不是什么好事。还有我的维纳斯，你还没见到呢！来，赶快，喝了这杯巴塞罗那巧克力……这可是真正的走私货……在巴黎也找不到这种巧克力。你可得打起精神，因为一旦站在我的维纳斯面前，没有一个人能从她眼前离去。”

我只有五分钟的时间，也就是说，我胡子刮了一半，衣服穿了一半，匆匆把滚烫的巧克力吞进嘴里，把我烫得要命。我下到花园里去，看到了那尊令人钦佩的雕像立在我面前。

那的确是美神维纳斯，有着一种无与伦比的美。

她身体的上半部分裸露着，古人经常描绘的那种伟大神灵大抵如此。右手抬起至胸部，手掌内翻朝向自己，大拇指和食指、无名指伸出，其他手指稍微弯曲。另一只手贴近臀部，搭着遮盖身体下半部分的衣幔。这尊雕像的神态让我想起那个不知为什么人们称之为“日耳曼尼库斯”[②] 的豁拳者[③]形象。或许雕塑家是想表现美神在玩豁拳游戏时的情景。

无论如何，你再也无法看到比这个维纳斯的形态更加完美，线条

① 汪达尔人，古代日耳曼人部落的一支，曾在罗马帝国的末期入侵过高卢、西班牙和非洲，并以迦太基为中心，在北非建立一系列的领地。以文化艺术的破坏者著称。

② 日耳曼尼库斯，小日耳曼尼库斯被认为是罗马帝国的最后一位英雄。

③ 豁拳，类似划拳，饮酒时的一种博戏，以猜到对方指数为赢。

更加柔和、撩人，衣幔更加优雅、更加尊贵的雕像了。我原以为她是一件罗马帝国时代的作品，然而我看到的却是一件雕像艺术处于黄金时代的杰作。最使我震惊的是她那形体的逼真和精致。一个人或许会以为她的铸造源自生活，假如造化确曾制造出如此完美的模型的话，这就是。

她的头发从眉峰梳回，看起来像是当时镀过金。头有点小，与所有的希腊雕塑如出一辙，并微微向前倾。至于她的脸庞，我恐怕永远不能描绘出她的奇怪特征；我记得那是一种我记忆里其他任何希腊雕塑都没有的类型。她没有希腊雕塑那种静穆、严峻的美，没有那种千篇一律的威严沉着的特征。相反，我惊奇地注意到这一点，艺术家本人有着明显的意图，那就是要塑造一种迫近邪恶的怨恨。

所有的线条都略显畸形。眼睛非常诡秘，嘴巴朝嘴角一边吊起，鼻孔稍微有点扩张。这张脸尽管美丽，我们却能在其中读到轻蔑，反讽，以及残酷。真的，一个人越是盯着这尊雕像，就越能体验到一种痛苦的感觉，那就是，如此惊人的美竟然那么冷酷无情。

“如果这雕像果真有个模特的话，”我对贝荷奥哈德先生说，“我怀疑上天是否曾经造过这样一个女人，我真同情她的情人！她一定让他们绝望地死去并以此为乐。她的表情里隐藏着极为残忍的东西，然而我还没看到过比这更美的东西。”

“美神用全身拥抱她的猎物！”[①] 贝荷奥哈德先生大叫道，他对我的热情感到高兴。

那副着魔般的反讽表情，或许是由于那双明亮的银白色眼睛的对照而显得更加触目，它们带着时间赋予这尊雕像的朦胧的铜绿色光辉。闪亮的眼睛使人产生了幻觉，以为她具有了一种生命。我记得我的向导曾对我说过，谁盯着她看，谁就会被迫垂下眼睛。此话果真不假，当我站在这尊青铜雕像的前面感到局促不安时，不禁对自己有些恼羞成怒。

“现在你已经仔细观看了一切，我亲爱的文物考古同行，若你乐

---

① 这句诗源出十七世纪法国古典主义诗人拉辛的著名诗剧《费德拉》第一幕第三场。

意，让我们召开一场科学讨论会吧。你怎么解释这行你还没注意到的铭文?”他指着雕像基座给我看，我读着上面的那些文字：

CAVE AMANTEM.[①]

“您怎么看，博学之士?”[②] 他摩擦着双手问道。“我们来看看我们是否能在 *cave amantem* 的意义上达成一致。”

“可是，”我回答说，“这句话有两种含义。你可以翻译成：‘提防爱汝者，勿信汝情人’。但在这个意义上，我不知道 *cave amantem* 是否是地道的拉丁语。在看了这位女士的恶魔表情之后，我宁愿相信艺术家意在告诫观众，警惕这个蛇蝎美人。那样我就应该翻译为：‘若伊爱汝，汝需谨慎’了。”

“哼!”贝荷奥哈德先生说，“不错，这是一个不错的解释。但是，请你别见怪，我更喜欢第一种译法，不过，我会进一步引申。你可知道维纳斯的情人?”

“有很多个。”

“没错，但第一个是伏尔坎[③]。为什么意思不应该是：‘尽管汝完美，汝神韵轻蔑，汝竟凄惨，以可悲之丑跛铁匠为情人’呢?对于那些自命不凡的女子，这何尝不是一个意义深远的启示呢!”

这种解释听起来是那么牵强附会，我禁不住要笑出来。

“拉丁语过于简洁，是一种很糟糕的语言。”为了避免在表面上抵触我的古文物朋友，我评论道。紧接着，我退后几步，以便更好地注视那雕像。

“等会儿，同行!”贝荷奥哈德先生拉住我的一只胳膊说，“你还没看到另一些铭文呢。爬上基座，看看她的右臂。”这样说着，他帮我爬了上去。免却了客套虚礼，我攀着维纳斯的脖子，跟她越来越亲

---

① 拉丁文，CAVE，拉丁文，提防、警惕；AMANTEM，洞穴、情人。

② 原文系拉丁文。从前论文答辩时，主席以这句话请参加答辩的教授发表对论文的意见。

③ 伏尔坎，火神赫淮斯托斯是希腊十二主神之一，罗马名字伏尔坎，是诸神的铁匠，被铁匠和木匠尊为保护神。相貌丑陋，跛足，是美与爱之神阿佛洛狄忒的丈夫。

近了。不一会儿，我甚至直直地看着她的眼睛，在这近距离的观察中，她显得更加邪恶了，而且，要是可能的话，也比以前更美了。然后，我注意到镌刻在手臂上的字，在我看来，那是一种古代字体的文字。借助眼镜的帮助，我缓慢而吃力地相继读了出来，贝荷奥哈德先生用声音和手势表示赞同，重复着我发出的每一个单词。我是这样读的：

VENERI TVRBVL...

EVTVCHES MYRO

IMPERIO FECIT.

在第一行的单词“Tvrbvl”后面，我看出来好像有几个字母被抹去了；但“Tvrbvl”却是清晰可辨的。

“这怎么解释？”我的居停主人自豪地问，带着一种恶作剧似的微笑，他一定以为“Tvrbvl”把我难住了。

“有一个字我还没搞懂，”我回答，“其他的都很简单。埃奥蒂切斯·米隆奉维纳斯之命献上此贡品。”

“非常正确。但是‘Tvrbvl’呢，它怎么解释？它是什么意思？”

“‘Tvrbvl’确实让我很为难。”我正努力思考维纳斯的一个什么熟悉的特征，或许能有所启发。“那么‘Tvrbvlenta’怎么样？折磨、煽动人的维纳斯……你知道吗，我仍然对她那邪恶的表情耿耿于怀。‘Tvrbvlenta’对于维纳斯倒是一个不错的品质。”我谨慎地补充道，因为我对自己的解释也不太满意。

“一个骚动的维纳斯！一个吵闹的维纳斯！啊！那么你认为我的维纳斯是一个酒店的维纳斯？与这毫不相干，先生。她是一个上流社会的维纳斯。让我来给你解释‘Tvrbvl’吧……但有一点，你得向我保证，在我的论文发表之前不能泄露我的发现……因为，你知道，你们巴黎的文物专家们已经赚的够多了，总该给我们这些可怜的外省穷鬼留些稻穗儿去捡拾吧。”

我从高高站立的基座上向他郑重承诺，我不会卑劣到去窃取他的发现的地步。

“‘Tvrbvl’，……先生，”他说，凑近前来，并压低声音，唯恐旁边的人会偷听了去，“读作‘Tvrbvlnerae’。”

“我还是不明白。”

“仔细听我讲。离这儿三英里以外，在大山脚下，有一个唤作堡德奈荷[①]的村落。这名字是拉丁词汇‘Tvrbvlnera’的变体。这种变形再平常不过了。堡德奈荷曾经是一个罗马城镇。我总是怀疑这一点，可惜一直没有证据。现在证据就在这儿。这个维纳斯是堡德奈荷城当地的女神。这个词语‘堡德奈荷’(Boulternère)，我已经追溯了它的古代起源，这就证明了某种古怪的事情，换句话说，在成为罗马城镇之前，堡德奈荷是一个腓尼基城市！”

他停顿片刻，歇口气儿，并享受着我的惊奇。我好不容易才抑制住了大笑出来的冲动。

“事实上，”他接着说，“‘Tvrbvlnera’是个纯粹的腓尼基语，‘Tvr’要读成‘tour’……‘Tour’和‘Sour’都是相同的词，不是吗？‘Sour’是蒂尔[②]的腓尼基名字。我无需向你提示它的意义。‘Bvl’是 Baal。Bâl，Bel，在发音上有细微的差别。至于‘Nera’，让我有些困惑。我不禁认为，因为缺乏腓尼基词汇，它是来自希腊语 *υηρόσ*，意思是湿润的，沼泽的。假如是那样的话，它就是个混血的词汇。为了证明 *υηρόσ*，到了堡德奈荷，我会为你指出泉水是如何从山上流下来，形成臭浊水池的。另外，词尾的‘Nera’可能是为了向泰特里库斯一世[③]的妻子尼拉·皮薇苏维娅致敬而后来加上去的，可能因为她给吐布尔城做过什么好事。从那些水池方面考虑，我认为它的词源是 *υηρόσ*。”

他志得意满地拈起一小撮鼻烟，继续说道：

---

① 伊尔以西四公里确有一个村子，名叫堡德奈荷（Boulternère）。

② 蒂尔，古腓尼基商埠，今属黎巴嫩，阿拉伯语为苏尔（SUR），在首都贝鲁特以南八十三公里，有腓尼基及罗马时代的历史遗址。

③ 泰特里库斯一世，最后一位高卢帝国皇帝，是个暴君。

“我们还是先撇开腓尼基语，回到铭文上来吧。我就把它翻译为：献予堡德奈荷之维纳斯，米隆受命制此神像，钦此。”

我小心翼翼地不去非难他的语源学，但我希望现在轮到我来提出高见了，因此我说道，“且慢，先生。米隆确实贡献了什么东西，但我绝看不出他贡献的就是这座雕像。”

“什么!”他大叫道，“米隆不是那位著名的希腊雕刻家吗？他的家传天赋是永世不朽的，一定是他的一个后代完成了这座雕像。这一点是毋庸置疑的。”

“但是，”我反驳道，“我看见这只手臂上有一个小孔。我认为它是用来固定什么东西的，比方说，一只手镯。这个米隆是个不幸的情人，他将手镯赠给维纳斯，作为赎罪的礼物。维纳斯对他恼羞成怒，他为了平息她的怒气，便献给她一只金手镯。请注意，‘*fecit*’[①] 一词经常用来代替‘*consecravit*’[②]，这两个词是同义词。如果我手头有本格鲁特尔版或奥赫琉斯[③]版辞典的话，我定会向你举出不止一个例子。一个爱上维纳斯的人很自然会在梦中看到维纳斯，并想象她命令他为她的雕像制作一只金手镯。米隆便把金手镯奉献给了她……后来，那些野蛮人或者某个该遭天谴的窃贼……”

“哈！不难想见你以前是个写浪漫传奇的!”我的居停主人大叫道，伸手把我从基座上扶下来。“不，先生，这是一件米隆学派的作品。你只需看看她的工艺，便可确定了。”

对于一个固执己见、从不反驳自己的文物研究者，我只能在一种深信不疑的氛围中屈服，附和说，“真是一件精妙绝伦的作品哪!”

“哦，我的上帝!”贝荷奥哈德先生惊叫道，“又一个汪达尔人的行为！一定有人朝我的雕像扔石块了!”

他刚刚察觉到维纳斯的乳房上面一点有一个白色的痕迹。我注意

---

① *fecit*，拉丁语，制，创作，某某作、画。类似于中国艺术品末尾的落款。

② *consecravit*，拉丁文，奉献，祝圣。

③ 格鲁特尔，十七世纪荷兰著名的希腊和罗马语文学者；奥赫琉斯，十九世纪瑞士古典语文研究者。

到维纳斯右手的手指上有一个相似的痕迹。我猜测石块经过的时候它被蹭着了，或者石块击中雕像的时候碎片飞出，弹射到手上。我把我亲眼目睹到的无礼行为，以及紧随而来的惩罚告诉了我的居停主人。他哈哈大笑起来，并把那个学徒比作狄俄墨得斯[①]，希望他像那位希腊英雄一样看到他的伙伴们变成白色的鸟。

午饭的铃声打断了这段引经据典的谈话，和前一天晚上一样，我不得不一个人吃四个人的饭食。然后来了几个贝荷奥哈德先生的农户，当他接见他们的时候，他的儿子带我去视察一辆宽敞的四轮马车，这是他在图卢兹[②]特意为他的未婚妻买的，不消说，我对这件礼物赞不绝口。随后我跟他走进马厩，在那里逗留了半个小时，他对我大肆吹嘘他的马匹，给我看它们在省里赛马会上赢得的奖品。最后他开始跟我谈论起他的未婚妻，以及一匹即将送给她的灰色母马。

“我们今天就能见到她了。”他说，“我不知道你是否会发现她的美。要取悦巴黎人是一件难事。但是在这儿和佩皮尼昂，人人都觉得她可爱。最为重要的是她很富有。她普拉德[③]的姑妈留给她一大笔嫁妆。噢！我会非常幸福！”

看到一个年轻人对未婚妻的妆奁比对未婚妻美丽的眼睛还要在意，我不禁大为反感。

“你是珠宝鉴赏专家，”阿方斯先生继续道，“你看这个怎么样？这是我明天要送给她的婚戒。”

他从小拇指上取下一枚镶着钻石的大戒指，戒指做成两只手紧扣的形状，在我看来这似乎暗含了无限的诗意。它的工艺古色古香，但我觉得镶入的钻石过于修饰。戒指里面有一行可以识别的哥特式文字：*Sempr' ab ti*，意思是，永属尔。

---

① 狄俄墨得斯，希腊神话里特洛亚战争中希腊方面的英雄，是阿尔戈斯的国王。后因妻子不贞，一怒之下，渡海前往意大利，死在伽耳伽农海峡外的一个岛上，其同伴伤感之余，悉变为白色的飞鸟。

② 图卢兹，法国西南部城市，是比利牛斯大区上加龙省省会，法国第四大城市。

③ 普拉德，法国东比利牛斯省小城。

“的确是枚漂亮的戒指，”我说，“不过镶上去的钻石似乎有损它的风格。”

“哦！现在好看多了，”他微笑着回答，“上面的钻石价值一千二百法郎。我妈妈给我的。这是一枚祖传的婚戒，非常古老……大约起源于骑士时代。它是我祖母的，我祖母又是从她祖母那里得到的。天知道是何年何月制造的。”

“巴黎的风俗，”我说，“是赠送一枚非常普通的戒指，通常由两种不同的金属组成，比如金子和铂金。你手上戴着的另外那枚戒指就很合适。镶着钻石、扣手形制的这个就太笨重了，戴着它就不能戴手套了。”

“阿方斯夫人会照她喜欢的方式安排的。我想她还是会很高兴得到这枚戒指的。一千二百法郎戴在手上总是讨人喜欢的。另外那枚小戒指，”他补充道，以一种嫉妒的眼光看着戴着的那枚普通戒指，“那一枚还是在巴黎的时候，一位夫人在狂欢节的最后一天送给我的。唉！两年前，我在巴黎玩得多痛快啊！那真是一个天堂般的地方！”接着，他遗憾地叹了口气。

那天我们要到皮尤伽黑去和新娘的亲戚们一起吃晚饭。因此我们坐进马车，驶向那个距离伊尔四五英里的寨子。我作为男方家庭的朋友受到了接待和欢迎。我不打算谈及晚餐及随后的谈话。我只是稍稍参与了一下，极少开口。阿方斯先生坐在他未婚妻的旁边，不时对着她的耳朵说一两句悄悄话。至于她，几乎始终低着眼睛；每次她的爱人对她说话的时候，她都适度地脸红一下，回答时却落落大方。

皮尤伽黑小姐年方二九。身材苗条，仪态优雅，与她未来丈夫健壮的身材形成鲜明的对照。她不仅美丽，而且很迷人。我很欣赏她所有的答复含有的那种自然的得体。她神态温柔，又略带一丝狡黠，无论我再尽量避免，还是让我想起我居停主人的那尊维纳斯。在内心做这个比较时，我问自己，我们之所以不得不承认那尊雕像的美更胜一筹，是否在很大程度上是因为雕像有一种母老虎般的表情呢？因为存在一种力量，哪怕用她服务于不良邪恶的欲望，也总会激发起我们心中的惊奇和情不自禁的赞美。

“真可惜，”离开皮尤伽黑的时候我想，“如此迷人的一个女孩竟然这么富有，而一个根本配不上她的男子垂涎的却只是她丰厚的妆奁。”在返回伊尔的途中，我不知道该跟贝荷奥哈德夫人说什么话，只觉得应该偶尔和她说上一两句才好。

“你们在鲁西荣这一带思想够开明的！”我大声说，“可是，夫人，你怎么会在星期五举办婚礼呢？[①] 在巴黎，我们就要更迷信一些；没人敢在这一天结婚。”

“我的上帝！别提了，”她回答道，“要是让我拿主意，我当然会另择吉日。可是贝荷奥哈德执意如此，我也不得不让步了。不过这个疙瘩仍然让我忧心。会不会有什么不好的事情发生呢？这里面一定有原因，不然为什么每个人都害怕星期五？”

“星期五！”她的丈夫大叫道，“是维纳斯的日子！是个举办婚礼的好日子！你看，我的同行，我心里只有我的维纳斯。正是因为她我才选择星期五的。明天，要是你愿意的话，在婚礼之前，咱们给她献上一点祭品，献上两只野鸽子作为牺牲。另外，要是我知道到哪儿去弄点香……”

“真不害臊，贝荷奥哈德！”妻子极端愤慨地打断他，“给一个神像焚香！简直令人厌恶！街坊邻居会怎么说我们？”

“至少，”贝荷奥哈德先生回答说，“你得允许我在她头顶上放一个玫瑰和百合花环：

‘用你们的手大把地撒百合花吧。’[②]

你瞧，先生，宪章[③]是一纸空文。我们连信仰的自由都没有。”

第二天的安排如下：十点整，所有人都要准备停当，穿好礼服；喝完巧克力之后，我们就得坐车到皮尤伽黑；公证婚礼在村子里的政务厅举办，而宗教仪式在村寨的小教堂里举行；然后吃午饭，饭后大

---

① 星期五在基督教中是耶稣受难而死的日子，迷信的西方人普遍认为该日不吉利；此外，在法文中，星期五一词 Vendredi 即来源于美神 Venus 的名字，拉丁语“Veneris dies”即“维纳斯的日子”。

② 原文系拉丁文。源出拉丁诗人维吉尔的史诗《埃涅阿斯纪》第六章。

③ 宪章，指 1814 年 6 月 4 日路易十八批准的宪章。其中第五条规定每个人都有宣传自己宗教的自由，各种信仰均同样得到保护。但第六条则又规定，符合使徒教义的罗马天主教是法国的国教。

家可以自由活动到七点钟；那时，所有人都回到伊尔贝荷奥哈德的家中，两家人将在那里欢聚宴饮。不能跳舞，就希望大吃大喝，这是再自然不过的事。

从八点钟起，我就坐在维纳斯雕像前面，手中拿着铅笔，反复画神像的头，画了二十次素描，我实在把握不好那种表情。贝荷奥哈德先生在我身边走来走去，给我一些建议，并再次重复他那腓尼基语的语源学，接着，他把一束孟加拉玫瑰放在雕像的基座上，以悲喜剧的口吻祈求神像保佑年轻的夫妇在他的屋宇下生活美满。接近九点的时候，他回去穿衣服。这时，阿方斯先生出现了，他穿着崭新的紧身礼服，白手套，漆皮鞋，雕花纽扣，纽孔里插着一朵玫瑰红。

"你愿意为我的妻子画一幅肖像吗？"他俯身看着我的画，问道。"她也很美。"

这时，在我前面提到的那个网球场上，一场即将开始的比赛立即吸引了阿方斯先生的注意。而我已经对描摹那个恶魔的面孔感到厌倦和绝望了，所以便很快丢下我的画，去看球赛。打球的人有前一天到来的几个西班牙骡夫，是一些阿拉贡和纳瓦拉省①人，个个身手不凡。因此，伊尔人尽管得到在场的阿方斯先生的建议和鼓舞，还是迅速在外国勇士面前败下阵来。本地的观众都垂头丧气。阿方斯先生看看他的表。只有九点半。他知道他母亲的头发还没打理好。他不再犹豫，脱下他的礼服，换上一件夹克，便去对抗西班牙人。我在一边微笑又有些吃惊地看着他。

"国家荣誉必须维护。"他说。

我觉得他真美。他看起来血脉贲张，刚才还操心那身新衣服，现在已经完全不放在心上了。几分钟前，他还不敢乱扭头，怕弄乱了他的领结。现在他丝毫不在意他的卷发或精美的衬衫前襟。他的未婚妻怎么办？……我的天，如果必要的话，我想他还会推迟婚礼。只见他急忙穿上一双便鞋，卷起袖管，踌躇满志地站在被打败一方的最前

---

① 阿拉贡，西班牙东北部的自治区，区域大致和古代的阿拉贡王国相同，与法国接壤；纳瓦拉，位于西班牙北部比利牛斯山区的一个省，是古代纳瓦拉王国的所在地，与法国接壤。

面，就像凯撒在迪腊基乌姆重整旧部[①]一样。我跃过树篱，舒舒服服地站在树荫底下，以便获得观望双方的良好视野。

有负大众期望，阿方斯先生输了第一个球。说真的，那球擦地而来，力量惊人，击球的是一个阿拉贡省人，看样子是西班牙人的队长。

他的年纪大约四十上下，强健有力，身高六尺，橄榄色的皮肤黑得像维纳斯身上的青铜色。

阿方斯愤怒地把球拍摔在地上。

“都怪这可恶的戒指，”他大喊一声，“挤压着我的手指，让我输了一个极有把握的球。”

他好不容易取下钻石戒指。我上前去接，但他抢先一步跑到维纳斯那里，用力把它戴在她的无名指上。然后他重新回到伊尔人前线的岗位上。

他脸色苍白，但镇定而果敢。从那一刻起，他再也没有失过一次手，西班牙人彻底被打败了。观众的激情一下子沸腾了，场面十分壮观，一些人把他们的帽子抛在空中，欢呼雀跃，另一些人紧握着阿方斯先生的双手，高呼他是国家的光荣。要是他击退了入侵之敌，我想他所受到的庆祝，其热烈和真诚的程度也不过如此。被征服一方的懊恼颓丧，更增添了胜利者的光彩。

“咱们可以再来几场，老兄，”他以盛气凌人的口吻对那个阿拉贡人说，“但是我会先让你几个球。”

我真希望阿方斯先生能更谦逊一点，看到他的对手受到羞辱，连我都感到痛心。

那个西班牙壮汉感到了深深的屈辱。我看到他棕褐色的皮肤变得苍白。他脸色阴沉地看着自己的球拍，咬了咬牙齿，闷声闷气地咕哝道：

“咱们走着瞧。”[②]

---

① 迪腊基乌姆，今阿尔巴尼亚港口城市都拉斯。罗马大将凯撒曾于此处为庞培所败，溃不成军，数年后卒复报仇。

② 原文系西班牙语。

贝荷奥哈德先生的声音打断了儿子的胜利欢欣。我的居停主人发现儿子没去指挥人准备那辆新买的马车，惊奇地发现儿子不在了，又见他竟然手拿球拍，汗流浃背。阿方斯急忙跑进屋子，洗洗手和脸，再次穿上新衣服和黑漆皮鞋，五分钟后，我们疾驰在去往皮尤伽黑的路上。镇上所有的网球手和一大群观众跟随着我们高声欢呼。那几匹拉车的强壮马匹好不容易才让我们摆脱了那些勇猛的加泰隆人。

我们到达皮尤伽黑，一行人正要向政务厅走去，阿方斯先生突然拍了一下额头，低声对我说：

"糟了！我把婚戒给忘了！放在维纳斯的手指上了，我真是该死！无论如何请别告诉我母亲。也许她什么也不会发现。"

"你可以派个人回去取，"我回答说。

"算了！我的仆人留在伊尔了。这儿的人我又信不过。一千二百法郎的钻石啊！对任何人都是个巨大的诱惑。再说，知道我这么粗心，大家该怎么想呢？他们会笑话我的，把我叫作神像的新郎官……但愿钻戒不要被人偷走！好在那些无赖怕那尊神像，他们都不敢走近她。算了！没关系，我还有一枚戒指。"

世俗仪式和宗教仪式都恰如其分地完成了。皮尤伽黑小姐接受了巴黎女帽商的那枚戒指，完全没想到她的丈夫送给她的是别人赠送他的定情信物。然后，大家入席，又是吃又是喝，甚至还唱歌，久久不息。新娘周围喧腾起粗俗的嬉闹，我真为她感到难受；不过她的表现仍然比我预期的要好，既不过分尴尬窘迫，又不矫揉造作。

或许困境反而往往会激发人的勇气吧。

谢天谢地，午饭终于吃完了，时间已是下午四点。男傧相们走进繁花似锦的公园散步，或者观看皮尤伽黑的农妇们身着节日盛装，在村寨的草坪上跳舞。我们就这样度过了几个小时。在此期间，女傧相们殷勤地簇拥着新娘，让新娘向她们展示新郎送来的礼物。然后她换了服装，我注意到她用一顶软帽和一顶饰有羽毛的帽子盖住美丽的头发；因为按照习俗，女人们还是姑娘的时候不能过分招展，有饰物的帽子是不能戴的，一旦可以，便会迫不及待地戴起来。

将近八点的时候，我们准备出发前往伊尔。就在此时，上演了动人的一幕。皮尤伽黑小姐的姑妈，一个衰老而虔敬的女人，她把皮尤伽黑小姐当作自己的亲生女儿一样看待，现在她不能随我们同去。在启程之前，她向侄女唠叨了一番做妻子的责任，颇为感人至深，接着又是没完没了的流泪和难舍难分的拥抱。贝荷奥哈德先生将这场分离比作“萨宾妇女遭劫”①。但最后我们终于出发了，在路上，人人都使尽浑身解数要使新娘高兴欢笑起来。可惜都白费功夫。

伊尔的晚宴正等着我们，那是一顿什么样的晚宴啊！如果说早上的粗俗玩笑已经使我震惊，那么现在我更是被那些针对新娘新郎的双关语和荤玩笑搅得晕头转向。入席前新郎官消失了片刻，现在又坐回桌边，他看起来脸色苍白，神情阴沉而严肃。

他接二连三地喝一种科利乌尔酒，这酒跟白兰地一样有劲。我坐到他旁边，觉得我有必要提醒他：

“小心些才好！他们说这酒……”我人云亦云，实在不知道该说些什么愚蠢的废话。

他按着我的膝盖，压低声音，悄悄对我说：

“等大伙离席的时候……我想和你说两句话。”

他严肃的语气让我很吃惊。我更仔细地看着他，注意到他的脸色发生了奇怪的变化。

“你感到不舒服吗？”我问他。

“不。”

他又开始喝起酒来。

与此同时，在一阵阵呼喊和鼓掌声中，一个十二岁的孩子溜到桌子底下，解开新娘脚踝上的石竹花色的丝带，举起来给公众看。大家说那是新娘子的吊带袜，便立即将其剪成碎块，分散给在场的小伙子们。小伙子们都遵循着一个父权制家族传统下的习俗，把它绑在衣服的纽孔上。新娘此时羞得满脸通红……正在这个难为情的时刻，贝荷奥哈德先生呼吁大家安静下来，吟诵了几首加泰罗尼亚诗，据他自称是即兴口占的。假如我理解不误的话，它的意思如下：

“这是什么，我的朋友们？难道是美酒下肚，把我醉得看重了影

---

① 萨宾，意大利城市，据说，古代罗马人曾趁喜庆之机，掳走萨宾妇女为妻。

儿？此刻这里竟有两个维纳斯……”

新娘慌了神，赶紧把头转了过去，惹得大家哈哈大笑。

“没错儿，”贝荷奥哈德先生继续道，“我家里有两个维纳斯。一个是像蘑菇一样，从地里挖出来的；另一个是从天而降的仙女，把她的腰带分给我们观瞻。”

他本来想说吊带袜。

“我的儿子，在罗马的维纳斯和加泰罗尼亚的维纳斯之间选，看哪个你更喜欢。这个无赖选了加泰罗尼亚的。他选得好。罗马的那个是黑的，加泰隆的这个则是白的。罗马的那个冷冰冰，加泰罗尼亚的这个则让每个接近的人激情似火。”

这段精彩绝妙的结尾激起了一阵叫好声，欢声雷动，哄堂大笑，声震屋瓦，头上的天花板似乎都要掉下来了。在座的只有三个人神色严肃，那就是新婚的夫妇和我。我头痛欲裂，此外，不知为什么，婚礼总是让我难过。而这一场甚至有些让我厌烦。

最后几段是镇长秘书的唱词，不得不说，格调非常下流。没过一会儿，大家又回到客厅去调笑新娘的羞涩，接近半夜时分，她才被送入房中。

阿方斯把我拉到窗口，调开眼神，说：

“你一定会嘲笑我……但是我不知道我怎么了……我着魔了！真见鬼！”

我第一个反应是，他幻想自己受到了蒙田①和赛维涅夫人②所讲述的某个灾难故事的惊吓：

“整个爱情帝国都充斥着悲惨的故事”③，诸如此类的。

我以为只有聪明人才会遇到这种意外呢，我暗地嘀咕道。

“你喝了太多科利乌尔酒，我亲爱的阿方斯先生，”我对他说，

---

① 蒙田，法国文艺复兴后期、十六世纪人文主义思想家，著有《蒙田随笔全集》。

② 赛维涅夫人，十七世纪法国风俗作家，著有《书信集》。

③ 见赛维涅夫人《书信集》中 1671 年 4 月 8 日写给格里尼杨夫人的一封信。

“我早就提醒过你。”

“是的，也许。但是发生了比这更为可怕的事情。”

他的声音嘶哑。我想他完全醉了。

“你知道我的戒指吧?”过一会儿他继续说道。

“怎么！被偷了吗?”

“没有。”

“这么说，你拿回来了?”

“不……我……我无法把它从那魔鬼的手指上取下来。”

“原来是这样啊！你没有使劲拉。”

“不，我使劲了……但是维纳斯……她弯起了她的手指。”

他一脸惊恐地盯着我，身子靠在窗子的长插销①上，以防摔倒。

“一派胡言!”我说。“你把戒指往里推得太深了。明天你拿把钳子去把它拔出来。注意别损坏了那尊雕像。”

“不行，我跟你说。维纳斯的手指缩了回去，弯了起来；她揪住她的东西，你明白我的意思吗？……显然因为我把戒指给了她，她就成了我的妻子……她不会还给我了。”

我不禁一阵战栗，片刻之后，我浑身起了鸡皮疙瘩。接着，他叹了一口气，一股浓烈的酒气扑面而来，我的惊颤才消失。

不幸的人，我想，他一定是醉糊涂了。

“你是个文物专家，先生，”新郎官以哀婉的语调补充说；“你懂神像，就在那儿……可能里面有什么弹簧，什么机关把戏，我完全不懂这些……你去看看好吗?”

“好的，”我回答说，“你跟我来。”

“不，我宁愿让你独自过去。”

我离开了客厅。

晚餐的时候天气变了，一场大雨落下来。我正打算要一把伞，突然想到一点。我稍作反思，去查证一个酒鬼告诉我的事情，我可真是个大傻瓜！另外，他可能是想戏弄一下我，以便让那些朴实的乡民们捧腹大笑；最起码也会让我淋成个落汤鸡，重重感冒一场。

---

① 长插销，转动把手可开关窗户的插销。

我从门缝里瞟了一眼立在滂沱大雨中的维纳斯，客厅也不进，便直接上我的房间去了。我上了床，可是却睡意全无。白天发生的场景浮游过脑际。我想到一个那么纯洁而美丽的少女，竟把自己委身于一个粗野残暴的酒鬼。我心想，建立在利益关系之上的婚姻是多么丑恶的一件事啊！一位镇长披上一条三色肩带，一个神父披上圣衣，然后一个最纯洁的女孩交付给了弥诺陶洛斯①！在这个相恋之人宁愿付出生命代价的这一时刻，两个互不相爱的人如何能找到共同语言呢？一个女人看到言行那么粗俗的男人，还会爱上他吗？第一印象是永难磨灭的，我敢肯定阿方斯先生遭人讨厌是情理中事。

我的内心活动远不止此，暂且按下不表。就在浮想联翩之际，我听到房子里人来人往，门打开又关上，以及马车驶离的声音。然后我好像听到楼梯上响起许多妇女细碎的脚步声，一直走到过道里与我的房间相反的方向。很可能是她们正引着新娘子进入洞房。随后，她们又走下楼梯。贝荷奥哈德夫人的门关上了。我想，这可怜的姑娘该多么心慌意乱，手足无措啊。我烦躁不安地在床上辗转反侧。在人家举办婚礼的房子里，我这个单身汉却扮演着一个傻瓜的角色。

房子里安静下来，没过一会儿，楼梯上响起沉重的脚步声，打破了寂静。木楼梯发出嘎吱嘎吱声。

“简直是头蠢牛！”我在心里大骂道。“我打赌他会从楼梯上摔下来。”一切又安静下来。我拿起一本书以阻止我思绪的流涌。是省里的统计册子，还附有一篇贝荷奥哈德先生所写的关于普拉德地区的督伊德教②历史建筑的文章。读到第三页，我便开始昏昏欲睡。

我睡得很糟，醒来很多次。公鸡打头鸣时，大约是凌晨五点，我已经醒了二十多分钟。天色即将破晓。然后我清楚地听到沉重的脚步声，以及睡觉前听到的那种楼梯嘎吱声。我觉得很奇怪，于是一面打

① 弥诺陶洛斯，希腊神话中克里特岛上半人半牛的怪物，居住在克里特迷宫，每年要吃掉从雅典进贡来的七对童男童女，后为忒修斯所杀。

② 督伊德教，古代凯尔特人信奉的一种原始宗教，相信灵魂不灭并可转生，祭祀仪式类似萨满教。公元前一千年后半期在高卢、不列颠和爱尔兰等地广泛传播，后因罗马基督教的扩张而逐渐销声匿迹。

着呵欠，一面猜想阿方斯先生怎么起得这么早。我想不出什么合理的原因。正要再闭上眼睛，突然一阵奇异的脚步踩踏声把我惊得清醒过来。除了脚步杂沓声，很快又掺杂了响铃和嘎嘎开门的声音。然后我隐隐听出混乱的哭喊声。

莫非那醉鬼烧着了什么东西！我想着，从床上跳了起来。

我迅速穿好衣服，走进过道。从另一头传来哭号和哀叫，一个撕心裂肺的声音压倒了其他人的声音："我的儿啊！我的儿啊!"很显然，阿方斯先生出事儿了。我跑进新房，里面已经挤满了人。首先映入眼帘的是衣衫不整、横陈于床榻的年轻人，床板已经破损了。他脸色铅灰，一动不动。他的母亲在一边呜咽哀号着。贝荷奥哈德先生忙乱个不停，不是用古龙水揉搓着儿子的太阳穴，就是拿什么药让他闻。在房间另一头的沙发上，新娘吓得像筛糠一样。她口齿不清地哭喊着，两个身强力壮的女佣使尽全力才把她按住。

"我的上帝!"我叫道，"发生了什么事?"

我走到床前，抬起那不幸的年轻人，他的身子已经僵硬冰冷。他牙关紧咬，发黑的面孔显示出可怕的痛苦。情况已经很明确了，他遭到猛烈击打而死，临死的情形非常恐怖。

然而，衣服上却没有一丝血迹。我解开他的衬衫，在他的胸膛上发现一条青紫色的印记，一直延伸到肋骨和背部。看这情形，他是被一个铁环勒死的。我的脚踩到了地毯上的什么东西，低头一看，正是那枚钻石戒指。

我把贝荷奥哈德先生和他的妻子带回他们的房间，又叫人把新娘带到那儿。"你们还有一个女儿，"我对他们说，"你们应该好好照顾她。"然后我留下他们三人，离开了房间。

以我之见，毫无疑问有暴徒发现了一条路线，夜间潜入新房，阿方斯先生遭到了谋杀。然而，胸部上的瘀伤和那个圆环形状却让我迷惑不解，因为那不可能是一根棍棒或铁条造成了。突然我想起以前曾听过的瓦伦西亚城[①]受雇杀人的亡命徒，他们用灌满沙子的长皮囊把

---

① 瓦伦西亚城，西班牙第三大城市，第二大海港，位于西班牙东南部，是瓦伦西亚大区的首府和瓦伦西亚省的省会。

受害者殴打致死。我立刻想到那个阿拉贡骡夫和他的威胁。然而我几乎不敢设想他竟会为了一个微不足道的玩笑采取如此恐怖的报复。

我搜索了整座房子，试图找到一些破窗而入的蛛丝马迹，但什么也没发现。我下到花园里，看是否有杀手曾从那儿进入；但也没有确定不疑的痕迹。无论如何，夜晚的大雨已经把地面打得湿软，不可能保留丝毫清晰的印记。不过我还是注意到了一些深深印下的脚印。它们来自两个相反的方向，但是路径相同。脚印是从靠近网球场的树篱那里牵引来的，在房门口消失。这可能是阿方斯先生去神像那里取他的戒指的时候留下的。还有，那个地方的树篱要比其他地方稀疏一些，凶手大概是从那里越过的。我在雕像前面来回踱步，又停下来朝她看了一会儿。我必须承认，这一次，看到她那含着恶毒讽刺的表情，我真是不寒而栗。而且，我的脑子里充斥着刚才目睹的可怕场景，我似乎看到了一个凶恶的女神正为降临在这一家的灾难而鼓掌喝彩。

我回到房间，在里面一直待到中午。然后我出去打听两位居停主人的消息。他们现在平静些了。皮尤伽黑小姐，或者我应该称阿方斯先生的遗孀，已经恢复了意识。她甚至已经同到伊尔巡视的佩皮尼昂皇家检察官做了交流，地方法官已经记录了她的供词。他向我询问。我把我知道的告诉了他，也没有隐瞒我对那个阿拉贡赶骡人的怀疑。他立即下令逮捕此人。

“你从阿方斯夫人那里得到什么信息吗?”供词记录完毕并签名之后，我问检察官。

“那个可怜的女人已经疯了，”他悲哀地微笑着回答说。“疯了！完全疯了！你知道她说什么?”

“她说她在床上躺了几分钟，帐幔拉了下来，房门打开的时候，有人进来了。阿方斯夫人睡在床里面，脸朝着墙壁。确信是她的丈夫，她便没有动。不一会儿，床开始嘎吱嘎吱地叫，仿佛什么千钧重物压了下来。她被吓坏了，但是不敢扭过头去。就这样，五分钟，或者十分钟过去了……她已经没有了时间概念。然后她下意识地动了一下，或者是床上的那个人动了，她感觉触着了什么像冰一样冷的东西，她是这么表达的。她浑身剧烈哆嗦着，把头埋进床的里面。”

“没过多久，房门再次打开了，有人进来了，说，‘晚上好，我的娇妻。’然后帐幔拉了上去。她听到一声窒息般的惊叫。她身边那个待在床上的人猛地坐了起来，似乎向前伸出了胳膊。然后她扭过头，看到她的丈夫靠着床沿跪着，脑袋几乎抵在枕头上，被一个绿色的巨人紧紧搂在怀里。她说是个绿色的巨人，她对我重复了不下二十次，可怜的女人！……她说她认识……你猜是谁？那个青铜维纳斯，贝荷奥哈德先生的雕像……自从它出现在这儿，人人都梦到它。但我还是继续讲那可怜的疯女人的叙述吧。看到这情景，她昏厥了过去，并且可能已经失去了理智。她说不出自己昏过去了多久。醒来之后，她又看见了那个幽灵，或者她坚持声称的那座雕像，它静静地站在那里，双腿和身体的下半部分在床上，胸部和双臂向前伸出去，搂住她的丈夫。她的丈夫已经无法动弹了。雄鸡报晓时，那雕像下了床，丢下那具尸体，走了出去。阿方斯夫人跑去摇铃，剩下的你都知道了。”

那个西班牙人被带进来了。他神态平和，头脑冷静，镇定自若地为自己辩护。他没有否认我指控的他的那些言辞，但他解释说，他那样说只是一时豪言，他没有别的意思，只是期待另找一个空闲的日子击败他的网球对手，一雪前耻。我记得他补充了这样一段话：

“一个阿拉贡人一旦遭到侮辱，是不会等到第二天才去雪耻的。如果我相信阿方斯先生是故意羞辱我，我当时就会朝他的肚子捅上一刀子。”

拿他的鞋子与花园里的脚印做了比较，他的鞋要大得多。

最后，那个人下榻的客栈老板也证明，他整夜都在给他那匹生病的骡子擦身和喂药。此外，那个阿拉贡人在这一带声誉良好，大名鼎鼎，他每年都会来这儿做买卖。

因此接受当地的道歉之后，他被释放了。

我忘了提及那个仆人的陈述了，他是最后一个见到阿方斯先生活着的人。就在他正要进入洞房的时候，他召来这个仆人，焦急万分地问他知不知道我在哪儿。仆人说没见着我。阿方斯先生叹了口气，一言不发地站了一会儿，只听他说：“好吧！他一定也被那个魔鬼给带走了。”

我问阿方斯先生跟他说话时是否戴着那枚钻戒。仆人犹豫不定。

最后他说他觉得没戴，因为他并没有注意到那个。

“要是戒指戴在阿方斯先生手上的话，”他回过神来，补充说，“我应该会注意到的。因为我以为他已经把它给了阿方斯夫人。”

问这个人话的时候，我感到一些因迷信而产生的恐惧，阿方斯夫人的陈辞已经在宅子里传开了。皇家检察官对我微笑着，我便不再继续问下去了。

阿方斯先生葬礼之后几个小时，我准备离开伊尔。贝荷奥哈德先生的马车将载我启程，把我送到佩皮尼昂。尽管身体虚弱，可怜的老人坚持要送我到花园门口。我们沉默地走过花园，他在我手臂的搀扶下缓慢地前进。临别之际，我最后看了一眼维纳斯。尽管我的居停主人并不像他的家人那样对她怀着恐惧和憎恨，但我可以预见到，他很希望摆脱那个不断让他回想起那可怕灾难的物体。我本想劝说他将她放入博物馆里，但我犹豫不决，难以启齿。贝荷奥哈德先生本能地转向我定睛凝视的方向。他看到了那尊神像，不由得老泪纵横。我拥抱着他，没敢说一句话便进了马车。

自从我离开之后，我再也没有听到过关于这个神秘灾祸的任何新的说法。

贝荷奥哈德先生在他儿子死后几个月也逝去了。根据他的遗愿，他把他的手稿留给了我，有朝一日我可能会将它付梓。不过在其中我没有发现那篇关于维纳斯雕像铭文的文章。

附笔——我的朋友 P. 先生刚从佩皮尼昂给我来信，那尊神像已经不在了。丈夫死后，贝荷奥哈德夫人关心的头等大事就是把它熔掉铸成一口钟，它以新的形体尽职于伊尔的教堂。“不过，”P. 先生补充说，“看起来厄运继续纠缠着那些拥有青铜的人们。自从那口钟在伊尔敲响之后，葡萄园已经遭受了两次冰冻。”